AF466763

LE

BOUQUET DE SATAN

PAR

ADRIEN ROBERT

PRIX : 75 Cent.

PARIS

CHARLIEU FRÈRES ET HUILLERY, ÉDITEURS, RUE GIT-LE-CŒUR, 10.

Victor BENOIST et Cie, Successeurs

Y²
p

Picchiottino s'élança vers elle et jeta ses bras autour de sa taille.

LE BOUQUET DE SATAN

PAR

ADRIEN ROBERT.

I.

HERMOSA

La signora Hermosa chantait ce soir-là *Il Trovatore* du maëstro Verdi, au théâtre de San-Carlo.

De mémoire de dilettanti on n'avait entendu à Naples une plus admirable cantatrice.

Le gouverneur, qui assistait à la représentation, avait donné plusieurs fois le signal des applaudissements et des *rappels*.

Notons, en passant, que les Italiens abusent étrangement de ce témoignage de satisfaction, et qu'il n'est pas rare de voir un artiste *rappelé vingt fois* dans une même soirée.

Après le troisième acte, Hermosa avait dû paraître sept fois de suite sur la scène, et exécuter, la main sur le cœur, une série de révérences.

Elle était ensuite remontée pour changer de costume. Quelques minutes auparavant, une jolie visiteuse, en toilette de ville, était entrée dans sa loge, et s'était jetée sur une causeuse pour l'attendre.

Cette amie, nous pouvons lui donner ce titre, était Mlle Gervaise, une Parisienne, l'illustre auteur des *Mémoires d'une Pécheresse*.

Gervaise, qui venait préparer un grand roman sous le beau ciel de Naples, était la plus tapageuse célébrité du demi-monde parisien.

De forme ovale, avec un plafond voûté en dôme, la loge d'Hermosa était tendue en soie blanche, constellée de petites étoiles d'argent. Un tapis turc couvrait le plancher.

Un candélabre de Murano, en verre multicolore, se dressait au centre de la pièce, et faisait scintiller, sous le feu de trente bougies, les étoiles de la tenture. Deux portes, cachées sous des portières pareilles au tapis, ouvraient sur la loge.

L'une donnait sur un escalier, l'autre sur un cabinet de toilette.

Des fauteuils et des causeuses en bois doré, une immense glace de Venise, un petit bahut en ébène sculpté et un piano, formaient tout l'ameublement du temple de la divinité.

Deux lampes, à réflecteurs d'argent, accrochées de chaque côté de la glace, projetaient à dix pas une lumière éclatante.

Le meuble d'ébène, dont nous avons parlé plus haut, était chargé de flacons, de parfums, de cosmétiques, de fioles de blanc, de pots de rouge, de bâtons d'encre de Chine, de pattes de lièvre; enfin, de tout l'attirail de t[illegible]te d'une comédienne.

On gratta légèrement à la porte de l'escalier.

— Entrez, dit Gervaise sans se déranger.

La porte resta close, et le bruit devint plus pressant.

— Entrez donc! cria-t-elle avec impatience.

La porte tourna sur ses gonds, et une tête de nègre se glissa curieusement entre la portière et la muraille.

— Tiens, c'est Liberty!

C'était ce que l'on est convenu d'appeler un *superbe noir*.

Liberty portait une livrée princière: frac olive à larges boutons dorés, culotte et gilet de casimir rouge, bas de soie et escarpins vernis.

Son visage et ses mains avaient cette teinte mordorée du bronze florentin. Une perruque poudrée à blanc et de longues manchettes plissées rehaussaient l'*éclatante* noirceur de cet Apollon mozambique.

Liberty portait son chapeau galonné sous le bras gauche, à l'instar des marquis du Théâtre-Français, et il tenait un petit écrin à la main.

— Comment va d'Aubray? demanda Gervaise.

— Mossou va bien, répliqua Liberty avec importance, c'est lui qui m'envoie.

— Nous ne le verrons donc pas ce soir?

— Lui, pas voir Madame... mais...

La portière de la loge se souleva de nouveau, et Hermosa entra brusquement.

Ses traits réguliers, mais un peu accusés, sa peau brune, sa chevelure d'un noir mat et légèrement crépue, ses yeux brun foncé, cernés comme ceux des créoles, et ses lèvres épaisses et vermeilles, accusaient une maturité précoce.

Grande et bien développée, sa taille était souple et flexible; sa poitrine, ronde, ferme et saillante; ses bras et ses jambes modelés avec une rare perfection; ses pieds et ses mains, deux merveilles de petitesse et d'élégance.

L'imagination ne pouvait rêver quelque chose de plus complétement beau, comme plastique.

Laissons l'ensemble de la statue pour revenir au portrait, que nous n'avons pas même achevé d'ébaucher.

Comme Janus, Hermosa avait deux visages: celui de l'artiste et celui de la femme.

Deux visages aussi disparates que les masques antiques de la tragédie et de la comédie. A la scène, ses traits un peu durs, adoucis par l'éclat de la rampe, animés par le jeu, changeaient complétement de caractère.

Ses yeux ternes et voilés brillaient de reflets métalliques et jetaient des éclairs, ses lèvres frémissaient, ses narines se dilataient, tout son visage, enfin, s'animait au souffle de l'art et de la passion: elle était alors admirablement belle.

Rentrée dans la vie privée, une transformation complète s'opérait dans tout son être: sa démarche devenait nonchalante et déhanchée, ses gestes brusques et communs; le feu sombre qui brûlait dans ses prunelles s'éteignait par moments pour faire place à une expression railleuse.

Gervaise s'était levée pour aller au-devant de son amie, pendant que Liberty s'éloignait respectueusement.

Les deux femmes se serrèrent la main.

— Que tu es gentille d'être venue, dit la cantatrice en se laissant tomber avec découragement sur un fauteuil.

— Le spectacle est fini? demanda Gervaise à la camériste napolitaine qui venait d'entrer.

— Oui, signora, fit-elle en s'inclinant.

— Ah! quel métier! quel métier! s'écria Hermosa en épongeant, avec son mouchoir, la sueur qui ruisselait sur son front; j'aimerais mieux cent fois tirer la bonne aventure par les cabarets.

— En voilà des idées, dit la pécheresse en riant; tu as des succès monstres, et gagnes trois cents scudos par mois; que veux-tu donc de plus?

— Je voudrais que le Vésuve brûlât *San-Carlo*, San-Carlino, les Fiorentini, le maëstro Verdi, l'impresario Baboccio, et la signora Hermosa avec eux: j'ai horriblement chanté ce soir.

— Et c'est pour cela que tu te livres à de pareilles imprécations?

— Pas pour autre chose... Tiens, tu es là, Liberty?

— Oui, signora, répondit-il en la saluant jusqu'à terre, mossou m'a dit...

— Tu me diras tout à l'heure ce que moussou t'a dit; en attendant, fais-moi l'amitié de t'asseoir, le dos tourné de mon côté, de fermer les yeux, et d'attendre que je te dise d'entrer en scène.

— Oui, signora, dit Liberty en exécutant aussitôt cette manœuvre.

— Déshabille-moi vite, Rosa, dit-elle alors à sa camériste, en venant se placer devant la glace.

Un léger peignoir de taffetas bleu, un chapeau mousquetaire de paille de riz, garni de velours et de dentelles noires, et un léger châle indien, remplacèrent bientôt la jupe bariolée et les bracelets de verroterie de la bohémienne Azucéna.

Au moment de mettre ses gants, elle s'arrêta tout à coup, alla rapidement vers le piano qu'elle ouvrit, et, s'asseyant sur le bras d'un fauteuil, commença une ritournelle.

— Eh bien, qu'est-ce que tu fais là, dit Gervaise avec un étonnement naïf.

— *Per Dio!* tu le vois bien, je vais essayer de *me* chanter le morceau que j'ai manqué ce soir pour Sa Majesté le roi de Naples.

Et elle attaqua aussitôt, avec une sûreté d'intonation et une vigueur incroyables, l'air du second acte.

La voix d'Hermosa était surtout remarquable dans les cordes basses, d'une virilité surprenante.

Chose étrange, Hermosa devait la meilleure part de son succès au public féminin de San-Carlo.

Ses belles notes graves faisaient jeter des cris d'enthousiasme aux petites marquises qui se pâmaient sous leur éventail.

Explique qui voudra le phénomène; mon opinion, à moi, est que: les Napolitains ayant généralement la voix ténorisante et flûtée des chanteurs de l'ancienne chapelle Sixtine, au temps des Farinelli et des Amigo, les petites marquises applaudissaient aux mâles accents de la cantatrice, par esprit d'opposition, et pour protester contre le timbre efféminé de leur mari.

— C'est admirable! s'écria Gervaise avec un élan véritable de dilettantisme.

— C'est un peu mieux que tout à l'heure, murmura la cantatrice en se levant.

Les deux femmes partirent, en même temps, d'un long éclat de rire.

Liberty était resté comme médusé sur son fauteuil, les yeux clos, la bouche ouverte, le masque épanoui dans un sourire d'une ineffable bêtise.

— Il a gardé l'arrêt, s'écria Gervaise en se pâmant. Pauvre Liberty! si nous l'avions oublié, il serait mort de faim, comme Ugolin dans sa tour, plutôt que d'ouvrir l'œil. Voilà pourtant à quelles extrémités peut pousser le fanatisme de l'obéissance.

— Qu'est-ce que tu tiens là? dit Hermosa en prenant l'écrin, dont le nègre ne s'était pas dessaisi.

— C'est un présent que moussou m'a chargé de vous remettre avec cette lettre, dit Liberty radieux de pouvoir s'acquitter enfin de sa mission.

Hermosa tendit l'écrin, tout ouvert, à Gervaise, et brisa le cachet de la lettre.

Elle contenait les lignes suivantes:

« Amie,

« Le petit yacht de plaisance que notre ami James Stewart a fait construire à Londres, est entré hier au soir dans le port.

« Ce matin, deux terribles watermen sont venus m'enlever pour aller faire une promenade sur la côte...

« Nous rentrerons à Naples dans la nuit, pour souper à ma villa. Viens avec Gervaise.

« En traversant la rue de Tolède, j'ai cueilli pour toi, chez Mazetti, cette pensée; j'ai déposé un baiser dans son calice, et je t'envoie le tout par Liberty.

« André D'AUBRAY. »

Gervaise avait tiré de l'écrin une petite fleur formée d'améthystes et de topazes.

— Compliments au signor Mazetti; ses serres sont parfaitement cultivées.

Et elle attacha le bijou sur le châle de son amie.

Hermosa la laissa faire, sans daigner jeter un coup d'œil sur le présent de son amant.

Elle n'était pas, ce soir-là, en veine de sentimentalité.

— La signora a-t-elle des ordres à me donner? demanda Liberty avec un empressement un peu inquiet.

— Non, mon garçon.

— Alors je suis libre de ma soirée?

Dix heures sonnaient comme il parlait.

— Ta soirée, reprit Gervaise, c'est ta nuit que tu veux dire. Liberty, Liberty, votre conduite est aussi ténébreuse que votre visage; Liberty, vous avez des vices cachés. Un ducat, que ce drôle soupe ce soir en partie fine dans quelque cabaret borgne de la Chiaja.

— Oh! signora, s'écria Liberty en levant les bras au ciel, comme pour le prendre à témoin de son innocence, pouvez-vous me croire capable...

— Je ne sais si tu es capable ou non, mais je déclare hautement que je suis loin d'être édifiée sur la pureté de tes intentions.

— Signora, balbutia Liberty après avoir fait un violent effort sur lui-même, je vais vous dire toute la vérité. Il y a, ce soir, une représentation extraordinaire au cirque Bombarda.

— Ah! fit Hermosa en rougissant légèrement.

— Au bénéfice de mademoiselle Olivia; et, comme on ne finira pas avant minuit...

Hermosa prit une once dans sa bourse, et la lui jeta au vol.

— Oh! merci, signora! s'écria Liberty radieux, en commençant à exécuter une bamboula frénétique au milieu de la loge.

— Allons, sauve-toi vite, mais sois de retour à la villa avant une heure.

— Oui, chère maîtresse, oh! oui, s'écria le noir en s'élançant au dehors.

— Rosa, dit Hermosa à la caméristé qui achevait de ranger ses costumes dans une armoire, faites-nous avancer une voiture.

La caméristé s'inclina, et sortit à la suite de Liberty; seulement, elle mit dix fois plus de temps que ce dernier à descendre l'escalier. Dans sa joie et son empressement, Liberty avait complétement oublié le respect qu'il devait à sa perruque de marquis et à sa veste galonnée d'or.

Il était descendu à cheval sur la rampe.

— Gervaise, dit Hermosa quand elles furent seules, veux-tu m'accompagner au cirque?

— Au cirque? répéta la pécheresse; pourquoi faire?

— Pour voir *travailler* Picchiottino.

— Qu'est-ce que c'est que ça?

— Ça, fit Hermosa en la regardant avec un sourire étrange, c'est un petit bonhomme de dix-huit ans, disloqué comme un polichinelle mécanique, qui marche sur les mains, fait le grand écart à cheval, et saute au travers de grands ronds de papier : c'est un clown, un sauteur, un saltimbanque.

— Est-il beau?

— Il est petit, un peu grêle, léger et gracieux comme un oiseau, des yeux d'escarboucle.

— Est-il riche?

— Il n'a pas trente carlins dans ses tiroirs.

— De l'esprit?

— Il est drôle quelquefois.

— Sa moralité?

— Exécrable.

Il y eut un silence de quelques secondes, pendant lequel Gervaise fit deux ou trois fois le tour de la loge.

— Oui, reprit-elle enfin en venant se placer en face d'Hermosa, tout cela est logique; André d'Aubray est beau, riche, spirituel et distingué, c'est la personnification de la loyauté et de l'honneur; il t'adore, et serait capable de tous les dévouements ou de toutes les folies, ce qui revient au même; bref, il te domine de toute la hauteur de son cœur, de son esprit et de ses nobles qualités; partant, tu le détestes profondément.

— Moi! dit Hermosa.

— Et comme tu souffres de cette domination morale, tu espères te relever à tes propres yeux en donnant à d'Aubray un saltimbanque pour rival.

— Ah ça! mais tu es donc Sathaniel en personne, pour lire ainsi dans l'âme des gens, s'écria Hermosa en lui prenant les deux mains.

— J'observe, fit-elle en riant, et je prends des notes pour mes romans.

II.

PICCHIOTTINO. — ÉQUILIBRE ET TRAVAIL DE FORCE.

Le cirque Bombarda s'élevait à quelques centaines de pas de la célèbre *porta Capuana*.

Sa construction ne présentait rien de remarquable, et ressemblait à celle de tous les hippodromes de foire.

Des palissades bariolées de jaune et de bleu, des tentures de coutil, des quinquets fumeux et un orchestre *cuivré*.

La signora Nina Bombarda, veuve d'un écuyer célèbre en Italie, et qui elle-même avait dansé sur la corde, dirigeait cet établissement.

Un embonpoint exagéré l'ayant forcée à se retirer de la scène, ou plutôt de la corde, la signora Bombarda se contentait de professer et de former des élèves pour son théâtre.

Le personnel se composait de trois écuyers : Moltifao, Popolasca et Ernesti; d'un clown, premier sujet de la troupe, il signor Picchiottino; d'une écuyère de haute école, miss Arabelle; et d'une danseuse de corde, la señora Olivia, une Espagnole de la rue Saint-Denis. Mlle Olivia, brune comme une Mauresque, petite, sèche, maigre et anguleuse, n'avait pour elle qu'une magnifique chevelure d'un noir de jais, et de grands yeux vifs et brillants, ombragés de longs cils recourbés.

Cette intéressante artiste était aussi sèche au moral qu'au physique.

Liberty était assis au bas de l'amphithéâtre, sur le premier gradin, tout contre la balustrade de l'arène; un sourire de triomphe illuminait son visage.

Après quelques *exercices au rebours*, mollement exécutés par le jeune Ernesti, deux garçons de manége entrèrent dans l'arène, et commencèrent à planter en terre deux X peints en rouge, sur lesquels ils tendirent une corde à l'aide d'un treuil.

Mlle Olivia allait *travailler*.

Les deux valets rentrèrent dans l'intérieur du théâtre.

L'orchestre attaqua avec rage une polka de Musard, et Mlle Olivia apparut, présentée par la signora Bombarda, sa directrice et sa maîtresse de corde. Moltifao suivait, portant un balancier argenté sur un coussin de velours.

Une triple salve de bravos et d'applaudissements salua cette entrée triomphale.

Olivia exécuta une douzaine de petites révérences tout à fait galantes, et marcha résolûment vers la corde.

Moltifao avait posé le coussin à terre, et fléchi le genou pour l'aider à monter.

— Dis donc, mon petit, fit-elle à voix basse tout en frottant la semelle de ses *chaussons* de satin bleu sur le tapis, sir James Stewart n'est pas dans la salle; qu'est-ce que cela veut dire?

— Ça veut dire qu'il se s'ra *piqué le nez* au gin, répliqua laconiquement Moltifao.

— Je te le cravacherai de la bonne manière, et prenant le balancier, elle s'élança sur la corde.

— Est-ce bien? dit-il en s'approchant du treuil.

— Donne un peu de mollesse, reprit-elle après avoir essayé l'élasticité de la corde.

Moltifao lâcha trois ou quatre crans.

— Encore un peu raide!

Moltifao lâcha trois autres crans.

— Là!

— Y sommes-nous?

— Allons-y, fit-elle en fléchissant les genoux pour prendre son élan.

Une seconde après, elle bondissait sur la corde, comme une poupée de gomme élastique.

Elle en était à son septième saut périlleux, lorsque Liberty, qui depuis son entrée en scène était resté haletant et immobile dans une extase vaporeuse, appuya fortement sa main gauche sur son cœur pour en comprimer les battements, et murmura d'une voix altérée :

— Qu'elle est belle, ô mon Dieu! qu'elle est belle!

Non, Liberty n'avait pas de vices cachés; son âme était candide et pure; son tendre cœur battait pour la première fois sous le souffle d'une passion qui n'avait rien de terrestre.

Liberty aimait Olivia d'un amour éthéré et fanatique; il l'aimait à mourir sur un signe d'elle, à empoisonner son maître, à brûler la flotte dans le port militaire; il l'adorait, comme le prêtre de Djaggernat adore son idole, comme le prisonnier aime la lumière et le soleil, comme le malade aime la vie. Aucune pensée terrestre, aucun désir sensuel, aucune espérance égoïste, ne venaient ternir l'azur de cette angélique passion.

Il aurait considéré Werther comme un débauché, et Paul comme un polisson.

Cependant, Mlle Olivia continuait toujours à se livrer aux gambades les plus hardies, aux sauts périlleux les plus audacieux; un petit accident vint tout à coup suspendre ses triomphes et compromettre son équilibre.

Son balancier lui échappa des mains et roula à terre.

Un cri de terreur retentit dans la salle, un cri de sauvage, un cri de Mohican scalpé! et un homme, bondissant par-dessus la balustrade de l'arène, se jeta sur le balancier qu'il présenta si maladroitement à l'acrobate, qu'il faillit la jeter à la renverse.

Le lecteur a déjà reconnu Liberty dans cet officieux personnage.

Le succès fut prodigieux.

Les lazzaroni qui occupaient les gradins supérieurs se mirent à *aboyer* (1) le pauvre diable avec une *furia* qui alla crescendo, jusqu'au *forte* le plus assourdissant.

— Imbécile! brute! s'écria Olivia, qui, rouge de dépit, tira brusquement le balancier par le bout, en lui faisant décrire un arc de cercle.

Liberty ne s'attendait pas à cette manœuvre, et quoique reposant sur un plancher moins capricieux que celui sur lequel trépignait la sauteuse, ses jarrets plièrent sous le choc, et il se trouva assis sur le sable de l'arène.

Il faut renoncer ici à décrire l'hilarité stridente, les bravos frénétiques qui éclatèrent comme un feu de file.

Hermosa et Gervaise entraient à la première galerie en cet instant suprême.

— Mais, dit Gervaise en s'incrustant un petit lorgnon d'or dans l'arcade sourcillère, c'est ce pauvre Liberty qui se fait *égayer*.

— Quel succès! ils ne m'en ont jamais fait un pareil.

Un gamin de Paris s'en serait tiré par un lazzi comme celui-ci: « J'ai cassé le verre de ma montre, » ou bien: « Gare le tremplin! » Le pauvre Liberty resta comme pétrifié par la stupéfaction et l'épouvante; il fallut que deux garçons de théâtre vinssent l'enlever comme un mannequin pour le jeter à la porte.

Olivia acheva sans encombre son boléro aérien; mais Liberty lui avait fait une trop rude concurrence.

Les chevalets et la corde avaient à peine disparu, qu'une boule bariolée de blanc, de rouge et de vert, roula jusqu'au milieu de l'arène.

Cette boule, dont l'apparition fut immédiatement saluée par une tempête de bravos, cette boule s'arrêta tout à coup, se dépelotonna, et il signor Picchiottino bondit sur un pied, dans la pose du Mercure de Scarlatti.

— C'est lui! fit Hermosa en poussant légèrement Gervaise du coude.

— Un joli spécimen de dislocation humaine, répondit-elle avec un sérieux admirable.

Un cheval libre bondit aussitôt dans l'arène; en trois sauts, le clown fut en selle.

Le portrait qu'Hermosa en avait fait était parfaitement exact: Picchiottino était laid, mais d'une *laideur agréable*, s'il est permis d'accoler ces deux mots: il était impossible d'être plus gracieux et plus vigoureux, et le jongleur indien le plus habile serait resté stupéfait de sa merveilleuse adresse. Ses équilibres tenaient du prodige.

Picchiottino eut les honneurs de la soirée; après Liberty, toutefois.

— Suis-moi! fit Hermosa à son amie, lorsque le clown fut rentré dans la coulisse en emportant une pleine brassée de bouquets et d'oranges.

Les deux femmes sortirent par une petite porte qui donnait sur un corridor sablé.

Les écuries occupaient la gauche, les loges des artistes s'ouvraient à droite.

Hermosa frappa doucement à une porte entre-bâillée.

— Est-ce toi, Olivia? cria une petite voix aigrelette.

Hermosa poussa la porte et entra la première.

La loge du premier sujet du cirque Bombarda, d'il signor Picchiottino, était une sorte de cellule de dix pieds carrés. Un papier jaune à ramages bleus, tout maculé d'huile, moisi et déchiré par le bas, couvrait les quatre murs; un coffre de bois blanc, deux chaises de paille, un porte-manteau, où pendaient quelques guenilles brodées de paillon, un quinquet graisseux et un miroir étoilé, composaient tout l'ameublement de ce bouge.

(1) Les Italiens manifestent volontiers leur mécontentement par des aboiements féroces.

Picchiottino, assis à califourchon sur une chaise, était en train de se poser sur le nez et sur les joues des pains à cacheter rouges et blancs. Il se *faisait une tête*, pour parler l'argot du manteau d'Arlequin.

— Tiens! c'est la *diva*, s'écria le clown qui venait d'apercevoir la cantatrice dans son miroir.

— Ma chère Gervaise, dit Hermosa, je vous présente M. Picchiottino; et comme vous pourriez croire que ce jeune artiste manque totalement de savoir-vivre, je me hâte de vous prévenir qu'il a usé ce soir toutes ses révérences avec son public, et qu'il est si fatigué que sa personne et sa chaise ne font plus qu'un.

Picchiottino rougit sous sa couche de carmin.

— *Diavolo!* dit-il en bondissant sur ses pieds et en saluant par trois fois, comme un maître des cérémonies; je suis un maroufle de ne pas vous avoir aperçue, signora. Après ça, vous savez, entre artistes.

— Et, à trois pas d'une écurie, on ne se pique pas de politesse, reprit Gervaise en le toisant avec un sourire si ironique que le pauvre diable perdit toute contenance.

— Ce n'est pas cela que je voulais dire, signora!...

— Assez sur ce sujet! interrompit Hermosa, qui savait bien que le clown n'était pas de force à donner la réplique à la Parisienne. Pourquoi n'es-tu pas venu hier? Je t'ai attendu toute la soirée.

— J'étais malade, balbutia Picchiottino, tout en crépant devant la glace sa perruque de crin orange.

— Tu étais gris, sans doute?

— Moi!

— Vous permettez, interrompit Gervaise en prenant une chaise et en s'asseyant... on ne sait jamais ce que peut durer une querelle d'amoureux.

— Il paraît, continua Hermosa en s'animant, que tu es au mieux à présent avec cette araignée d'Olivia?

— Eh! eh! fit-il tout en s'éventant avec son bonnet pailleté.

— Connais-tu sir James Stewart?

— Je n'ai pas cet honneur.

— Eh bien! je t'avertis qu'il en est follement amoureux.

— Cela ne m'étonne pas.

— Et jaloux comme feu Othello.

— British Othello!

— Et que British Othello, comme tu dis, a un certain talent sur la boxe; qu'il te trouve jamais dans la toile de l'Olivia, et aussi vrai qu'il n'y a qu'un Dieu!...

— Jupiter tonnant!

— Il te cassera la mâchoire. Sir James est, de plus, cousin germain de l'ambassadeur d'Angleterre.

— Ce qui veut dire, n'est-ce pas, qu'il aura des facilités pour le payement d'un clown cassé.

— Tu as deviné juste.

Picchiottino parut se consulter un instant.

— Ah! ah! cela vous donne à réfléchir, dit Gervaise.

— Je l'avoue: car si j'entrevois d'un côté les poings féroces de ce mangeur de roast-beef j'ai, d'autre part, de vagues inquiétudes au sujet d'un certain André d'Aubray, qui est homme à transpercer de son épée de gentilhomme une signora de mes amies, s'il venait à surprendre le secret de ses amours...

— Non, mon cher: André te ferait tout simplement jeter par la fenêtre, et m'enverrait ensuite un bracelet de deux ou trois mille francs, en me faisant défendre sa porte par son valet de chambre.

— Eh bien, mes chers amis, fit Gervaise d'un ton sentencieux, je ne partage pas du tout votre opinion: M. d'Aubray serait, le cas échéant, tout aussi incapable de faire précipiter M. Picchiottino par la fenêtre que de te mettre à la porte.

— Que ferait-il donc? demanda Hermosa.

— André est capricieux, sentimental et nerveux comme une petite baronne allemande; il y a par instants, dans son regard, une fixité qui ressemble à de l'égarement: des lueurs mortelles!

— Quelle folie, ma chère!

— Rien n'est plus sérieux: la tête est largement développée par le haut, l'ovale du visage fin et allongé par le bas, comme celui d'une jeune fille; le sourire est plein de douce mélancolie, les yeux très-rapprochés; bref, ou la phrénologie est une utopie, ou il y a dans cette tête le germe du suicide!

— Es-tu prêt? Picchiottino, héla dans le couloir la veuve Bombarda, qui était son propre régisseur: ça va être à toi.

— Dans deux minutes, cria Picchiottino.

— Adieu, dit Hermosa, faisant un pas vers la porte.

Picchiottino s'élança vers elle, et jeta ses bras autour de sa taille.

— Nous sommes donc fâchée tout rouge?

Hermosa se retourna vers Gervaise.

— Qu'est-ce que tu dis de cette impudence-là, toi?

— Je dis qu'il est impossible de cabrioler avec plus de grâce sur le tremplin du sentiment.

— Alors tu pardonnerais?

— Parbleu!

— Allons, vous êtes dans les bons principes, reprit Picchiottino, dont le visage prit une expression singulièrement impertinente et ironique; crois-moi, ma chère Hermosa, ne jouons pas la comédie de l'amour; tu ne m'aimes pas plus que tu n'aimes André d'Aubray; je ne suis pour toi qu'un pantin, qu'un improvisateur amusant, qui vient donner des séances les jours de pluie; je suis le chien qu'on caresse pendant cinq minutes et que l'on repousse du pied; le bouquet que l'on respire une seconde ou deux avec plaisir et qu'on jette ensuite dans un coin; je suis le vin aigrelet que l'on boit par caprice dans une coupe d'agate; je suis Picchiottino, le clown du cirque Bombarda, un enfant trouvé, un lazzarone, un bohémien!... Dis-moi donc sans rire que tu m'aimes?

Ce fut au tour d'Hermosa à rougir.

— Non, je ne t'aime pas, dit-elle en laissant tomber sa main sur son épaule; mais je me grise avec toi comme ces fumeurs blasés qui jettent de l'opium dans leur narghilé pour oublier.

— Picchiottino! cria de nouveau la Bombarda, à cheval, mio caro!

— A demain, ma belle Hermosa. Signora, je suis votre valet.

Et il s'élança sur le cheval qui l'attendait dans le couloir, en face même de sa loge.

— Eh bien, qu'en dis-tu? fit Hermosa après un temps assez long.

— Allons souper, répondit Gervaise en lui prenant le bras.

Un quart d'heure après, la voiture qui avait amené les deux femmes au cirque, s'arrêtait à la villa Reale, en face d'un palais en miniature.

III.

MOST HONORABLE GENTLEMAN.

La villa d'André d'Aubray était située au bord de la mer.

Une description achitecturale de cette villa étant parfaitement oiseuse, pénétrons tout de suite dans les *petits appartements* du maître du logis. M. d'Aubray avait fait abattre toutes les cloisons du premier étage, pour y aménager deux pièces seulement. Atelier sur la façade, avec trois fenêtres donnant sur le golfe de Naples; chambre à coucher ayant vue sur le jardin.

L'atelier, complétement tendu en soie rouge avec portières et ameublement de chêne, était pavé en mosaïque.

Des statuettes ébauchées, des bustes de terre cuite, des marbres *mis au point* par le praticien, et des selles chargées de modèles en terre glaise, d'ébauchoirs, de limes, de ciseaux, de maillets, de tout l'outillage enfin d'un sculpteur, occupaient le centre de l'atelier.

Un orgue, des panoplies d'armes orientales et du moyen âge, une bibliothèque de choix et des tableaux anciens, telle était, en quelques mots, l'esquisse de cet intérieur.

Une large portière de soie, relevée par des torsades d'or, séparait l'atelier de la chambre à coucher.

Une table de cinq couverts, éblouissante d'argenterie, de cristaux et de lumière, était dressée sur la terrasse, qui s'étendait sur toute la façade de la villa, et était supportée par une colonnade d'ordre ionique, formant un gracieux portique, ombragé par des pampres verts aux grappes vermeilles.

La fenêtre ogivale, percée au centre de l'atelier, ouvrait à deux battants sur cette terrasse, qu'une large banne de coutil garantissait des ardeurs du soleil.

Le souper n'étant commandé que pour une heure seulement, sir James était rentré à son hôtel pour prendre Olivia, et changer de toilette.

André entrait dans sa vingt-huitième année. De taille moyenne, ses membres étaient d'une élégance presque féminine.

Des yeux d'un bleu vif, une bouche charmante, dont le sourire laissait entrevoir une double rangée de petites dents serrées, d'un émail éclatant et pur; une chevelure blonde, bouclée naturellement; une barbe soyeuse et fine, et un col blanc dont les contours charmants semblaient modelés sur ceux de Mnémosyne antique.

Premier élève de Baucher pour l'équitation, et de Pons pour les armes, d'Aubray tirait comme le chevalier de Saint-Georges et nageait comme un terre-neuve.

Le développement de la force physique n'a lieu, généralement, qu'aux dépens des facultés intellectuelles; la nature, prodigue, avait fait une exception en sa faveur.

André, qui s'était destiné d'abord à la médecine, avait passé ses trois premiers examens avec les notes les plus brillantes.

Mais il s'était dégoûté tout à coup de cette carrière, qui exige une vocation réelle, et il s'était pris d'une belle passion pour les beaux-arts.

Les études qu'il fit alors, dans l'atelier de Clésinger, devaient lui assurer une place très-honorable parmi les sculpteurs contemporains, si ses cent mille livres de rente n'eussent rivé son génie à une chaîne d'or.

Orphelin à vingt-deux ans, héritier d'une fortune considérable acquise par son père dans l'industrie, André s'était trouvé livré à lui-même aux débuts de la vie.

La fierté de son caractère, son esprit naturel, son penchant pour les arts, devaient le sauver de l'oisiveté et des dangers d'une existence trop facile.

La bourgeoisie financière est peu faite pour comprendre les artistes, par le temps de bourse qui court : André causait voyage, musique et peinture : on lui répondait *prime*, *report* et *fin courant*.

Parlait-il d'acheter un tableau de l'Albane ou une ébauche de Decamps : les gens *sérieux* haussaient les épaules, et lui prouvaient, carnet en main, que les dix ou quinze mille francs qu'il allait dépenser en vieilles toiles, lui rapporteraient cent louis à la liquidation du quinze, s'il achetait de bonnes actions.

Ce monde l'ennuya bien vite.

Comme il n'était pas homme à prendre pour amis ou pour compagnons ces petits êtres rachitiques, ces avortons frisés, pommadés et sanglés; génération encore plus triste que grotesque des années 1832, 1834 et 1836, — automates vivants dont le cœur, mariné dans l'égoïsme et le scepticisme, ne croit ni à l'amitié ni à l'amour. Il se réfugia dans le monde des arts, pour ne pas vivre comme un solitaire de la Thébaïde.

Ce n'était certes pas là la terre promise du bonheur : ses bons amis, les peintres, les sculpteurs et les musiciens se déchiraient entre eux à belles dents; ils parlaient un argot fantastique, portaient des barbes surprenantes, des chapeaux à larges bords comme Van Dick; et le considéraient comme un banquier hollandais sur lequel on pouvait toujours tirer à vue une traite de quelques louis.

Mais André fit la part du feu, et, ses calculs établis, il trouva au total qu'il y avait encore de la jeunesse, du cœur et du talent parmi tous ces garçons-là; et qu'en échange de quelques billets de mille francs *prêtés*, *donnés* ou *avancés* (trois synonymes du mot perdu), il avait acquis un talent véritable. Il partit alors pour la Grèce, où il passa six mois à étudier les antiques que les touristes anglais ont bien voulu respecter, et alla ensuite à Rome, où il travailla pendant six autres mois.

Ce fut dans ce voyage qu'il rencontra pour la première fois Hermosa, qui, engagée pour la saison du carnaval à Venise, était venue voir la ville sainte avant de se mettre à la disposition de son impresario.

Cette biographie serait incomplète si nous ne disions pas qu'André faisait une pension de six mille francs par an à une vieille dame veuve, Mme Mallet, qui avait soigné sa mère comme la sœur la plus dévouée et la plus tendre.

Mme Mallet et sa fille Henriette n'avaient, pour toute fortune, que cette pension.

Quatre autres mille francs étaient distribués, le 1er janvier de chaque année, aux pauvres de Saint-Martin-de-Ré, ville natale d'André.

Notre artiste était, comme on le voit, parfaitement digne du titre de *très-honorable*.

Il avait la noblesse du cœur et de l'esprit.

IV.

DOULEUR AMÈRE! BONHEUR SUPRÊME!

Liberty entra dans l'atelier, la tête basse comme un condamné marchant au supplice, et annonça d'une voix lugubre et dolente :

— La senora Olivia, sir James Stewart!

Sir James était un grand Anglais efflanqué, haut en couleur, chauve comme un Chinois, et possesseur d'une énorme paire de favoris roux, taillés en broussailles; il portait un habit à larges basques, un gilet de cachemire noir et un pantalon à carreaux blancs et noirs; un crêpe cerclait son chapeau.

Il était en demi-deuil de son frère Robinson, qui s'était coupé la gorge en Angleterre, sous le prétexte que le bateau de service d'Holy-Head à Anglesey ne devait plus faire que trois voyages par semaine.

Depuis dix ans, le pauvre Robinson déjeunait à bord du *Kybir*, et allait fumer son cigare sur la plage d'Holy-Head.

La pensée de changer ses habitudes l'avait engagé à essayer le fil de son rasoir sur ses carotides.

Le fil de l'instrument ne laissa rien à désirer.

Olivia avait fait une demi-toilette : seulement, comme sa robe était très-habilement garnie de ouate sur la poitrine et sur les bras, et que sa crinoline prenait les proportions d'un aérostat prêt à s'enlever, sa maigreur était moins anguleuse.

Elle avait tenu parole à son camarade Moltifao.

L'explication entre l'acrobate et l'Anglais avait été des plus chaudes. Olivia n'avait pas cravaché son *protecteur*; mais, en entrant chez lui, elle s'était jetée sur le magnifique chronomètre de Merton, qu'il était en train de remonter tranquillement, et elle l'avait broyé sous les talons de ses bottines.

— Oh! lé petite amie, il était toujours beaucoup coleric! s'était écrié sir James en repoussant les débris du pied.

D'Aubray avait eu à peine le temps d'échanger quelques mots avec ses amis, que Liberty annonçait de nouveaux convives :

— La signora Hermosa! Madame Gervaise! le docteur Bartoletti!

Comme tous les invités se connaissaient, il n'y eut aucune présentation et l'on passa sur la terrasse.

Liberty, la serviette sous le bras, se tenait debout derrière la chaise d'Olivia, aspirant avec délices les parfums de pommade au jasmin qui s'exhalaient de sa chevelure, dévorant du regard ses omoplates saillantes comme des ailes naissantes.

André d'Aubray était trop bien élevé, et surtout trop sérieusement amoureux d'Hermosa, pour prendre avec elle, devant ses amis, les allures et le ton familier de l'amant.

Hermosa n'était pour lui, en ce moment, qu'une artiste qui lui faisait l'honneur de souper chez lui.

Le pavillon couvre la marchandise, dit un proverbe. Sir James, qui aurait eu le plus suprême dédain pour Olivia et Hermosa, considérées seulement comme *artistes*, les regardait comme réhabilitées, purifiées et ennoblies par les gentlemens qui avaient bien voulu leur faire l'honneur de les protéger.

A ses yeux, l'acrobate du cirque Bombarda était aussi respectable que la duchesse de Warwick.

Il dottore Bartoletti était un vieux garçon de quarante-deux ans environ, bon vivant, brave cœur, excellent praticien, gagnant bon an mal an quinze à vingt mille francs, et courant toujours après un ducat; prodigue et désordonné comme un artiste, *banquiste* comme un marchand de vulnéraire.

La conversation roula tout d'abord sur les succès obtenus par Hermosa et Olivia à San-Carlo et au cirque; sur la traversée du *Fury*, et la croix des Saints-Maurice-et-Lazare, que Victor-Emmanuel avait envoyée la veille au docteur.

Tous remarquèrent, non sans un certain étonnement, que sir James n'avait encore bu qu'une seule bouteille de bordeaux, et qu'il paraissait plus grave et plus recueilli que d'habitude.

Hermosa et Gervaise échangèrent à ce sujet deux ou trois signes muets, qui signifiaient :

« Il sait tout, les amis du Picchiottino auront bavardé! »

— Est-ce que vous êtes malade ce soir, sir James? hasarda le docteur en le voyant refuser la coupe de champagne frappé que d'Aubray venait de lui verser.

— No, je porté moa très-bien, je bavé seulement à parlé à vô, mes amis, et je buvai plous tard.

— Parlez, sir James! parlez! s'écrièrent tous les convives, véritablement intrigués.

— Oh! c'était très-sérious.

Olivia devint verte. C'était *très-sérious*, avait dit sir James; il était clair qu'il avait éventé la piste du Picchiottino.

— Nous y voilà! murmura Gervaise entre ses dents.

Sir James Stewart passa sa main gauche dans ses favoris et se leva tout d'une pièce, le bras droit légèrement tendu, la bouche entr'ouverte, comme un honorable membre de la chambre des Communes qui attend que le silence se soit rétabli pour prononcer un discours.

— Jè havé attendu le *Fury*, de London, avant de dire tout à vô. Le boat (bateau) il était arrivé, je pouvé parlé.

Ici, l'orateur se tourna vers Olivia :

— Je aimai beaucoup, je aimerai trop miss Olivia, que je vôlé mené elle tout de suite en Angleterre!

Liberty poussa un soupir à ouvrir les battants de la porte.

— Mais, dit Olivia, vous savez bien que je ne suis pas libre; que j'ai signé un engagement avec la signora Bombarda.

— Oh! je payé pour le liberté de vô, miss.

— Recevez mes compliments, senora, fit Hermosa avec un petit sourire railleur; l'Angleterre est un pays magnifique.

— Mais vous nous reviendrez cet hiver? demanda André.

— Je croyé pas; je compté, si le jeune miss il vôlait bien, je compté me marier avec!

— Avec qui? s'exclamèrent à l'unisson tous les convives, qui croyaient avoir mal entendu.

— Avec miss Olivia? dit sir James en lançant une œillade oblique.

Un bruit de vaisselle cassée retentit au même instant sur la terrasse. Écrasé, foudroyé par cette déclaration, Liberty s'était laissé choir à faux sur une chaise, qui, glissant sous son poids, l'avait jeté dans un seau à glace.

Il était tombé pile!

— Le malheureux! s'écria Bartoletti en riant aux éclats, il va attraper un rhume de cerveau.

Liberty était en culotte de casimir. La sensation fut aussi rapide que désagréable; il dégagea à la hâte la partie de son individu incrustée dans le vase, et commença à tordre les basques de son bel habit olive.

L'incident, ou l'accident si vous le préférez, était si comique, que Gervaise, Hermosa et le docteur se pâmèrent de rire pendant cinq minutes.

— Mais qu'est-ce qu'il a donc ce soir, cet animal-là? murmura Olivia, blême de dépit, en reconnaissant alors seulement son homme au balancier.

Elle darda sur lui un regard fulgurant.

Mais, en passant près d'elle, pour sortir, le malheureux frôla légèrement, de ses basques humides, sa jupe de soie.

Olivia ne put se contenir davantage : bondissant comme une chatte en fureur, elle empoigna le noir par ses aiguillettes de soie, et lui lança, à toute volée, une paire de soufflets si rudement appliqués, si sonores, si vifs, que l'infortuné Liberty s'enfuit en se tenant la tête à deux mains.

— Bien touché! dit André en battant des mains.

— Je parie qu'il entend déjà les cloches de votre mariage, s'écria Gervaise à son tour.

— J'aurais ce drôle-là à mon service, que je le ferais périr sous la cravache! répliqua Olivia haletante de colère.

— Cetté chose amiouserait beaucoup vô, miss? demanda sir James avec un admirable sérieux.

— Énormément.

— C'était bon à savoir! fit sir James à mi-voix.

— Ainsi, reprit André, quand le calme fut rétabli, vous épousez la senora, sir James?

— Mais, fit aigrement Olivia, il me semble, mon cher monsieur d'Aubray, que l'on n'épouse pas les gens sans leur consentement; sir James ignore encore mes intentions à son égard.

— Ses intentions! elle est splendide! murmura Gervaise bas à André.

— Oh! fit sir James avec chagrin; vous me feriez beaucoup de douleur en refousant moa.

— Permettez, sir James; mais ces questions-là sont...

— Très-sérious! très-sérious! je savai bien; mais je savai aussi que si vous refousé moa, je étais capable...

— De vous tuer, malheureux! s'écria Hermosa qui se mordait les lèvres pour garder son sérieux.

— Oh! no, mais de tombé dans une grosse maladie tute noire.

— Une fièvre de corde intermittente, dit sentencieusement Bartoletti.

— Voyons, senora, fit Hermosa de sa plus douce voix, ce pauvre sir James attend son arrêt, ne le faites pas languir.

Olivia se recueillit un moment avant de répondre.

— Sir James, dit-elle enfin, en baissant les yeux comme une ingénue du Gymnase; depuis un an que j'ai l'honneur de vous connaître, j'ai été à même d'apprécier la noblesse de vos sentiments, l'élévation de votre âme; j'ai pu juger des éminentes qualités qui font de vous un gentleman accompli.

— Pas mal débuté! fit Gervaise qui, le lorgnon à l'œil, ne perdait pas un seul de ses mouvements.

— Je crois donc, très-sincèrement, que celle que vous choisirez pour compagne sera parfaitement heureuse. Ce bonheur, je l'envierais si je m'en sentais digne; mais je ne dois pas y prétendre : ma vie passée...

— Et présente, ajouta mentalement d'Aubray.

— Je ne volé rien savoir du tout! s'écria sir James tout en épongeant, avec son foulard, les larmes qui perlaient dans ses cils roux.

— Ah! si mon père avait vécu...

— Cette pauvre capitaine Herrero Menzabal, soupira sir James, fousillé, docteur! fousillé pour avoir resté fidèle à son roi!

— Je le croyais colonel, dit Hermosa avec un accent si naïf, qu'Olivia elle-même en fut dupe.

— Nô! captaine! seulement captaine!

— Dans le régiment de Royal-Balayeur, sans doute? glissa Gervaise à l'oreille de son voisin de droite.

— Ou de *sierra contrabandista*, riposta d'Aubray.

— Senora, reprit d'un ton doctoral Gervaise, ces scrupules vous honorent: ils honorent l'homme qui les inspire; mais vous ne vous appartenez plus aujourd'hui, vous vous devez à vos ancêtres! Vous ne pouvez repousser la main protectrice qui vous est tendue. Qui oserait jamais vous reprocher les malheurs de votre jeunesse, les faiblesses de votre inexpérience, les naufrages, enfin, d'une vie abandonnée à la dérive sur le fleuve des passions.

— Très-bien! appuya Hermosa.

— Brava! fit Bartoletti.

— Oui, continua Gervaise en s'animant, la société seule est coupable! et c'est vous qui seriez en droit de lui demander compte de vos illusions évanouies, de votre carrière brisée. Le port vous est ouvert, la réhabilitation vous attend; vous n'avez pas, non, vous n'avez pas le droit de refuser le bonheur qui vous sourit.

— All! right! s'écria sir James transporté, vô parlé comme un french député.

Olivia avait parfaitement compris le sens de ce beau discours. mais, comme sir James le prenait au sérieux, elle ramassa la balle au bond.

— Je n'ai plus le courage de résister après de telles paroles, fit-elle en tendant sa main osseuse au baronnet; en échange de la parole que vous venez de donner ici devant tous, prenez ma main en signe de consentement. Sir James, je suis maintenant votre fiancée!

— J'été véritablement transporté dans le joie! fit l'Anglais, du même ton qu'un croque-mort demande s'il peut monter la bière.

— On n'est pas bête comme ça! grommela Bartoletti en se versant un verre de champagne... Ce qui prouve victorieusement que, tôt ou tard, la vertu reçoit toujours sa récompense, dit-il en se penchant vers la nouvelle fiancée.

— Allons! minauda Olivia, ce pauvre sir James n'aura pas attendu trop longtemps.

Pardon, milady, dit André, voulez-vous me permettre de sonner mon domestique, pour qu'il nous serve le café dans l'atelier. Je lui recommanderai de se tenir à distance respectueuse de votre robe.

— Oh! très-volontiers, je ne lui garde pas rancune.

André frappa sur un timbre de cristal.

La porte-fenêtre s'entr'ouvrit doucement, et une voix murmura faiblement ces mots du dehors :

— Moussou sonne?

— Oui.

— Moussou a besoin de moi?

— Oui, répéta d'Aubray.

— Moussou!

— Quoi?

— Moussou a vu l'accident qui m'est arrivé?

— Je l'ai vu et entendu. Ah ça! est-ce que tu crois que je vais dialoguer longtemps comme ça à travers la porte? Voyons, entre.

— C'est que je suis dans une tenue inconvenante.

— Ah! fi l'horreur! s'écria Olivia en rougissant.

— Je défendé vô d'entrer, improper! proféra sir James indigné.

— Ah ça! mais tu es donc en chemise? cria Gervaise en se faisant un porte-voix de ses deux mains.

— Oh! non, signora. Mais, comme mon habit était mouillé, j'ai mis une robe de chambre à moussou.

Liberty avait décidément du succès dans les jocrisses de couleur.

Bartoletti se roulait sur sa chaise, et Gervaise fut obligée de frapper dans le dos d'Hermosa qui, la tête sur la table, se tordait sans pouvoir reprendre haleine.

Sir James seul était sérieux.

— Liberty, je t'ordonne d'entrer, s'écria d'Aubray.

Le noir obéit cette fois.

Il était empaqueté dans une robe de chambre de nankin, qui faisait admirablement ressortir l'ébène de sa peau.

— *Toussaint-Louverture* dans son intérieur; s'écria Bartoletti;

Les convives se levèrent et rentrèrent dans l'atelier, éclairé alors par quatre grandes lanternes chinoises.

Liberty ferma les deux battants de la fenêtre, car la brise de mer commençait à fraîchir.

— Mon ami, dit sir James en s'adressant à d'Aubray, volé-vô me faire une petite présent?

— Enchanté de pouvoir vous être agréable, baronnet.

— Eh bien, cédez-môa cette garçonne.

— Liberty?

— Yès!... Milady il disait tute à l'heure qu'il s'amouserait énormément avec.

— Je tenais à ce pauvre Liberty, dit André avec une pointe de regret, mais l'*amusement* de lady Stewart m'est trop précieux. Liberty, ici.

— Moussou! dit le noir en s'approchant timidement.

— Tu n'es plus à mon service.

— Moussou me chasse! s'écria-t-il d'une voix désespérée.

— Nô! c'est môa qui prenez vô et qui attaché vô à milady; je amené vô en Angleterre avec elle, môa!

Le coup était trop brusque, trop inattendu pour ce cœur lacéré par l'amour. Liberty ferma les yeux et chancela sur ses pieds, comme un blessé qui cherche à gagner l'ambulance; il voulut parler, les sons se figèrent dans son gosier.

— Eh bien, est-ce qu'il va se trouver mal, à présent? fit Olivia en s'approchant. Quel singulier domestique vous avez là, d'Aubray.

— Le chagrin de me quitter lui trouble la cervelle.

André n'avait pas achevé, que Liberty, qui venait de retrouver subitement la voix et le geste, se précipitait aux pieds de sir James, s'emparait de force de sa main droite, et, la couvrant de baisers frénétiques, s'écriait avec une exaltation délirante :

— Ah! milord! milord! que vous êtes bon! Liberty mourir pour vous! aller au bout du monde à présent.

— Eh bien, s'écria André en riant, croyez donc au dévouement de vos serviteurs.

— Ah! moussou d'Aubray, reprit Liberty en se relevant, si vous saviez!

— Sauve-toi vite, crocodile, s'écria André en lui montrant la porte.

Liberty sortit de l'atelier à reculons, les prunelles clouées sur Olivia. Quand il fut dans l'antichambre qui servait d'office, il tira de la poche de sa robe de chambre le petit verre à Bordeaux qui avait servi à Olivia, et qu'il avait adroitement escamoté lorsque les convives étaient passés dans l'atelier; il le remplit jusqu'au bord de cognac et le porta avidement à ses lèvres.

Une lueur phosphorescente éclaira son regard; et tournant sur lui-même, il tomba à demi pâmé sur une banquette en murmurant d'une voix éteinte :

— O joie suprême!

V.

LE SPLEEN

Huit jours se sont écoulés depuis ce souper des fiançailles.

Rentrée dans la vie privée, Olivia tranchait de la grande dame à l'hôtel Victoria, où sir James avait loué un magnifique appartement.

Leur départ pour l'Angleterre était irrévocablement fixé au 1er juillet (on était au 15 juin).

Sir James Stewart passa sa main droite dans ses favoris et se leva tout d'une pièce.

Liberty, attaché à la personne de la future lady Stewart en qualité de valet de pied, avait changé son habit olive pour une livrée cédrat, réchampie d'argent.

Quant à sir James, il faisait arrimer dans la cale du *Fury* les vins les plus illustres de la Romagne et de la Sicile, des caisses de macaroni, des boîtes de melon confit, et des centaines de ces horribles vues du Vésuve, peintes à la détrempe.

Nous sommes encore dans l'atelier du jeune sculpteur qui, debout devant une selle mobile, est occupé à modeler avec de la glaise la statuette de la cantatrice dans le costume de *Norma*.

Hermosa, les mains étendues sur le clavier de l'orgue, étudie un, admirable morceau religieux, de Dominique Cimarosa. Telle est, en style de théâtre, la mise en scène de cet intérieur. Mais, en ce moment, la terre était aussi rebelle sous les doigts du sculpteur que les notes sur les lèvres de la cantatrice.

Le premier passait vingt fois de suite l'ébauchoir dans le même pli sans arriver à lui donner le mouvement qu'il cherchait.

La seconde répétait vingt fois le même passage, sans pouvoir parvenir à assouplir sa voix trop éclatante, et rendre le sentiment profondément religieux de l'œuvre qu'elle interprétait.

Il était évident qu'une préoccupation étrangère à l'art obsédait leur pensée.

André s'arrêta tout à coup, brisa son ébauchoir entre ses mains, et alla s'accouder sur le balcon qui dominait le golfe de Naples.

Hermosa s'approcha alors de lui, et passa câlinement son bras sous le sien :

Les yeux du jeune homme se fixèrent longtemps sur une petite goélette française qui appareillait en ce moment.

— Je comprends, dit Hermosa qui avait suivi la direction de son regard ; le mal du pays, la brise de la patrie.

Un sourire amer glissa sur les lèvres d'André.

— La brise de la patrie, répondit-il d'une voix triste et douce, c'est la brise qui passe au travers de ces beaux cheveux-là, ma bien aimée Hermosa.

— Ainsi tu ne regrettes rien ?

— Une seule chose.

— Une femme?

— Une croix de pierre et une dalle de marbre, sur laquelle j'allais m'agenouiller et prier quand je voulais causer avec ma pauvre mère; ce navire me rappelait la petite goélette que nous avions à Saint-Martin-de-Ré, et, sur laquelle ma mère montait bravement avec moi pour aller pêcher au large avec nos deux fidèles matelots, Pierre et Jean Miquelon. Il y a cinq ans de cela, seulement; ma mère est morte, Jean a été tué par la chute d'une vergue, et on n'a jamais eu de nouvelles de Pierre, embarqué comme matelot à bord d'un Terre-neuvier.

Il rentra dans l'atelier et sonna. Laurent, le nouveau domestique qui avait remplacé Liberty, vint prendre ses ordres.

— Faites atteler, dit André, et placez dans la voiture le bouquet que je vous ai prié d'acheter ce matin.

— Tu sors? dit Hermosa, en prenant un album et en s'étendant sur le divan.

— Pour une heure seulement.

— N'est-ce pas aujourd'hui la fête de madame de Grandval (c'était la femme du consul français)?

— Est-ce à propos des fleurs que j'ai demandées que tu me demandes cela?

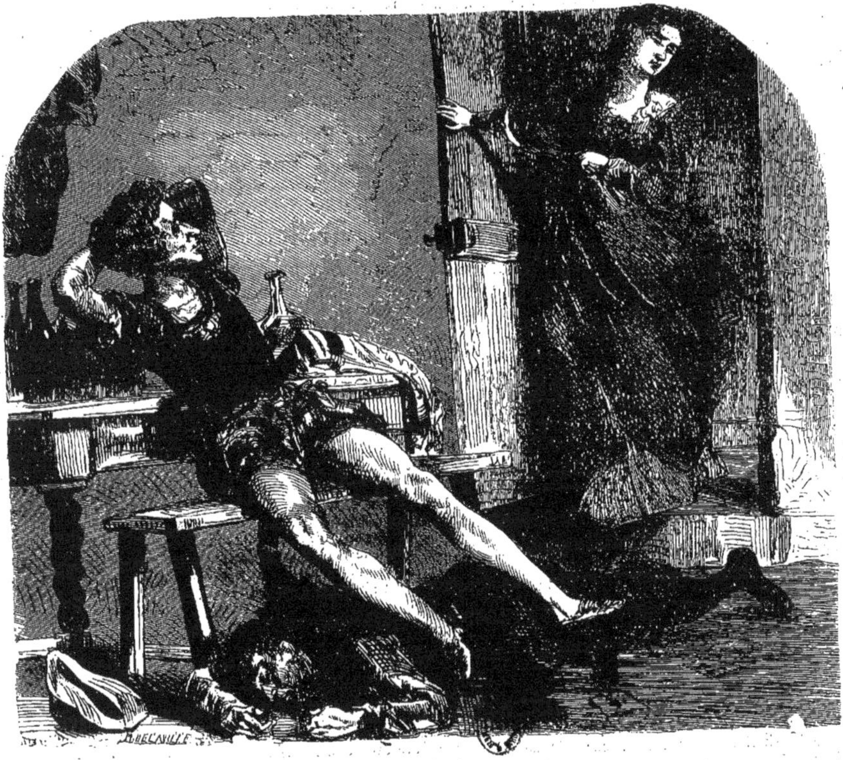

Picchiottino, les jambes étendues sur le corps de l'infortuné Moltifao, la tête allongée sur ses deux bras...

— Crois-tu donc que je sois jalouse?

— J'ai trop bonne opinion de ton cœur et de ton esprit pour avoir cette méchante pensée.

Il y eut un silence assez long, et pendant lequel André se débarrassa de sa vareuse, et endossa un léger paletot de soie noire.

— Hermosa, dit-il enfin en arrêtant sur elle un regard triste et doux : veux-tu m'accompagner?

— Où cela?

— A Campo-Santo (1).

Hermosa le regarda avec un indicible étonnement.

— Un seul mot t'expliquera le but de cette excursion : c'est aujourd'hui l'anniversaire de la mort de ma mère.

— Mais, madame d'Aubray ne repose pas à Campo-Santo; tu m'as dit bien souvent qu'elle avait voulu être inhumée dans le petit cimetière de Saint-Martin-de-Ré.

— C'est vrai.

— Alors, quel intérêt as-tu à faire cette triste promenade?

— Tu le sauras bientôt : acceptes-tu?

— Oui, dit-elle, malgré la répugnance que j'ai toujours eue pour ces sortes d'excursions.

— Merci! fit André en lui serrant la main.

Quelques minutes après, ils s'asseyaient dans une élégante américaine qui, après avoir longé la Chiaja et remonté la rue de Tolède, s'arrêtait devant le Campo-Santo. André jeta les guides au domestique, prit le bouquet qu'il avait placé près de lui sur le siége, et offrit le bras à Hermosa.

(1) Le cimetière de Naples.

— Attendez-nous au bas de la côte, dit-il à Laurent.

La voiture s'éloigna au pas.

Le couple franchit rapidement l'enceinte du champ de repos après avoir contemplé le magnifique panorama qui se déroulait à ses pieds : Naples avec son golfe de lapis-lazuli, ses blanches villas enchâssées dans les orangers en fleurs, et le Vésuve, au-dessus duquel planaient de petits nuages roussâtres.

André et sa compagne marchèrent quelque temps dans une longue allée sablée, bordée de tombeaux, puis ils tournèrent à gauche, par un sentier étroit, tapissé d'herbe et de pâquerettes.

Le jeune homme écarta doucement les branches d'un rosier sauvage, et fit signe à Hermosa de s'approcher.

Une croix de bronze et une dalle de marbre blanc enfouis sous un petit dôme de verdure et de fleurs apparurent à leurs yeux. André se pencha sur la dalle et souleva les volubilis qui couvraient en partie l'inscription gravée sur le marbre.

Hermosa lut, non sans une certaine émotion, l'épitaphe suivante :

LOUISE D'AUBRAY
Naples, 19 juin 1850
R. I. P.

André s'était pieusement agenouillé, après avoir déposé sur la tombe les fleurs qu'il avait apportées.

Hermosa se tenait à quelques pas de là, la tête penchée sur sa poitrine, roulant entre ses doigts un petit bouton de rose arraché à l'arbuste.

Lorsque André se releva, un sourire presque joyeux éclairait son doux visage.

— C'était une de tes parentes, demanda Hermosa.

— Une inconnue, répondit-il : il y a un an, quand j'arrivai à Naples et que je visitai pour la première fois Campo-Santo, le hasard m'amena devant cette tombe. Ah ! je n'oublierai jamais l'impression douloureuse que me causa cette inscription. Ma mère se nommait Louise comme elle, et était morte aussi cette même année. Je m'informai auprès du gardien en chef de Campo-Santo, et j'appris que cette tombe était celle d'une jeune femme de vingt-cinq ans, une Française, que les médecins avaient envoyée mourir à Naples. Personne n'était venu depuis visiter la pauvre morte.

— Et tu as fait un parterre de ce coin de terre?

— Oui, car j'espère que Dieu aura inspiré la même pensée à une âme charitable; et que ma pauvre mère a, aussi, sa part de prières et de fleurs.

— Ces dévouements-là sont rares, mon ami, fit Hermosa avec un accent de doute.

— Pourquoi détruire une consolante espérance?

— Tu as raison, dit-elle, en passant son bras sous le sien, tu es meilleur encore que je ne le croyais.

— M'en aimes-tu davantage.

— Est-ce que c'est possible?

— Si tu savais quelle joie tu me fais en me parlant ainsi.

— Pauvre garçon, pensait-elle, il n'est pas difficile à contenter.

— Tu es tout pour moi maintenant, continua André d'une voix émue : famille, patrie, amour.

— Et cependant, reprit-elle en arrêtant sur lui un regard pénétrant, tu es souvent triste et rêveur.

— Que veux-tu! je doute de la durée du bonheur.

— Comment?

— J'ai souvent la pensée que je mourrai jeune, et de mort violente.

— Dans un duel?

André secoua la tête.

— Que je me tuerai volontairement, reprit-il avec un froid sourire.

— Est-ce que l'on se tue quand on a des millions?

— On se tue bien quand on a du génie, reprit d'Aubray en lui montrant la tombe de Giacomo Carpani.

— Ah! dit Hermosa, un poëte, n'est-ce pas, qui se suicida parce qu'une de ses tragédies fut sifflée à Naples. Pauvre fou! Et, reprit-elle tout en marchant à côté d'André, c'est sans doute ton ami Stewart qui t'inspire ce mépris de la vie?

— Le pauvre garçon en est bien incapable, c'est le matérialisme incarné.

— André, reprit Hermosa en relevant sur le jeune homme un regard humide et voilé, je t'aimais pour ton talent encore plus peut-être que pour ta beauté; je t'aimais pour ta loyauté pour cette noblesse qui se reflète dans toutes tes actions; je t'aime maintenant comme ces enfants maladifs qu'une parole trop brusque, qu'un souffle de colère, peuvent tuer. Je suis ta seule joie, ta seule espérance dans ce monde. Eh bien, quand cette joie se changera en tristesse, quand l'avenir te semblera aussi vide que ton cœur, viens vers moi, André; tu me trouveras aussi fatiguée de l'existence que tu en seras las : nous aurons tari ensemble les joies de la vie, de la renommée et de l'amour; nous boirons l'oubli et la mort à la même coupe. Mais, chassons bien vite ce mauvais rêve de notre pensée : nous sommes jeunes et forts, nous croyons au bonheur puisque nous nous aimons; nous croyons à la gloire, puisque nous sommes sortis victorieux de cette lutte terrible, souvent mortelle, du talent contre l'obscurité. Ne tentons pas Dieu, mon ami, en interrogeant l'avenir.

— Chère âme! s'écria André en la serrant contre son cœur.

— La carità, Excellenza! la carità, per l'amore della signora! psalmodia en ce moment une sorte de lazzarone déguenillé, accroupi à l'angle de la route.

— Parbleu! tu tombes bien, toi, fit gaîment d'Aubray en tirant son porte-monnaie. Voilà deux onces.

Vingt-cinq francs de France et quelques centimes.

Une fortune véritable pour un mendiant italien.

— Oh! Excellenza! s'écria-t-il en se jetant les deux genoux dans la poussière! Que santa Paolina il bénisse la signora!

— Coquin, dit d'Aubray, tu n'es pas honteux de mendier avec ces bras d'hercule?

— Pardon, Excellenza, z'avais oune état; z'étais fossoyeur à Campo-Santo.

— Ah! dit André en riant. Eh bien, comme la signora et moi devons mourir le même jour, je te promets que nous ne t'oublierons pas dans notre testament.

— Excellenza, répliqua le Napolitain en se signant, ne zouez pas avec ces coses-là : Diou le père il sait, loui seul, quand il povero Beccafumi doit creuser une tombe à Campo-Santo.

VI.

HECTOR ET ARGINE.

André relisait quelques notes prises dans ses excursions en Grèce, lorsque Laurent frappa discrètement à la porte de sa chambre, entra et dit :

— Le docteur Bartoletti prie instamment monsieur de vouloir bien le recevoir; il a, dit-il, des choses très-graves à lui communiquer.

— Ah! mon Dieu! s'écria André en riant, la peste serait-elle débarquée ce soir à Naples? Faites entrer ce cher docteur.

Laurent introduisit Bartoletti comme dix heures de nuit sonnaient à la pendule.

Le docteur semblait soucieux et embarrassé.

— Si je n'avais pas quitté Hermosa il y a une heure à peine, votre visite pourrait m'inquiéter, dit André en avançant un siége.

Bartoletti posa son chapeau et sa canne sur le fauteuil, et, prenant les deux mains du jeune homme, il le regarda sans parler pendant quelques secondes.

— Plût au ciel, dit-il enfin, qu'elle fût malade, morte même; le coup serait moins cruel.

— Ah! dit André, en pâlissant, c'est d'elle qu'il s'agit?

— Oui, répliqua Bartoletti avec cette brusquerie que prennent souvent les esprits timides pour se donner du courage, et sortir d'une passe difficile. Tenez, mon ami, je ne me donnerai pas la peine de vous tourner de belles phrases et de vous rouler dans le sucre une pilule amère; le temps presse, d'ailleurs. André, je vous aime, et je ne veux pas qu'un digne garçon comme vous joue plus longtemps un rôle aussi ridicule que celui que joue en ce moment ce niais de Stewart.

— Allons, vous êtes fou, mon pauvre docteur, répliqua André en haussant les épaules.

— *Per Dio!* oui, s'écria Bartoletti, car je connais assez bien le cœur humain pour savoir que vous ne me pardonnerez jamais de vous avoir rendu un service de cette nature.

— Je vous ai dit que je vous considérais comme fou, reprit André avec une ironie sérieuse, cela me permet de vous écouter sans colère.

— Je n'abuserai ni de votre temps, ni de votre patience; et puisque vous êtes comme saint Thomas, prenez un chapeau et un manteau, je m'engage à vous faire voir, à vous faire toucher même; seulement, vous mettrez des gants, car vous pourriez vous salir.

André s'assit tranquillement et prit sur la table un paquet de cigares qu'il présenta au docteur.

— Vous fumez, je crois?

— Oui, mais j'attendrai que nous soyons arrivés à l'osteria Barbieri.

— Qu'est-ce que ce lupanar? dit André tout en allumant un cigare.

— C'est un lupanar, où la signora Hermosa donne rendez-vous à M. Picchiottino, le clown du cirque Bombarda.

— Vous mentez, vous mentez! s'écria d'Aubray en se levant pâle et menaçant.

Un sourire de pitié passa sur le visage de Bartoletti, qui se dirigea vers la porte.

— Un dernier mot, monsieur, fit André, comme il posait la main sur la serrure. Je vous ai insulté, je vous dois une réparation; mes témoins se présenteront demain...

— J'aurai l'honneur de les recevoir, répliqua-t-il, et j'espère qu'il me sera encore possible de leur prouver qu'ils eussent mieux fait de m'apporter des excuses honorables, qu'un cartel absurde.

— Ainsi, vous persistez à accuser cette femme...

— Auprès de vous, non; je perdrais mon temps. Adieu.

— Voyons, Bartoletti, reprit d'Aubray en se jetant au-devant de lui pour lui barrer le chemin, dites-moi seulement que vous vous êtes fait l'écho d'une calomnie, d'un propos de foyer, et que votre amitié...

— Il est dix heures un quart, interrompit le docteur en tirant sa montre; j'ai promis à Pasquale, l'hôte de l'osteria Barbieri, de revenir, dans la soirée, m'assurer de l'état de sa fille, que je saignerai probablement une seconde fois.

— Toujours l'osteria Barbieri, articula André avec une colère contenue.

— Oh ! l'établissement est fort intéressant, et la police de Naples, qui est d'un naturel curieux, n'a rien négligé pour y avoir ses aises : cloisons de toile, judas, cheminées à plaques tournantes, armoires à double fond, que sais-je! Seulement, ce ne sont pas toujours des conspirateurs que l'on prend dans cette souricière, Pasquale a une clientèle très-variée.

— Et vous voulez que je descende jusqu'au métier dégradant d'espion de police? Eh bien, qu'il soit fait selon votre souhait. Malheur à elle, si vous avez dit vrai ! Malheur à vous, si vous m'avez trompé !

* * *

. . . .

Hermosa, fatiguée d'attendre Picchiottino, avait pris les habits de sa femme de chambre, et s'était fait conduire à l'osteria Barbieri, où elle savait rencontrer le clown.

Picchiottino avait passé la journée à l'osteria en compagnie d'un soldat de la garde suisse et de son camarade Moltifao.

La dame de cœur avait été victorieuse à notre équilibriste; un mois entier de la solde du garde suisse était passé de le poche de ce dernier dans la sienne.

Picchiottino avait également le bourgogne triomphant; la garde suisse avait quitté l'osteria Barbieri avec les allures d'un battant de cloche et Moltifao ronflait sous la table.

Lorsque Hermosa ouvrit la porte de ce bouge, elle recula, à demi suffoquée par la fumée de tabac et l'âcre parfum du vin répandu sur le plancher.

Picchiottino, les jambes étendues sur le corps de l'infortuné Moltifao, la tête allongée sur ses deux bras, sommeillait sur la table, à l'ombre d'une double palissade de bouteilles vides.

L'apparition d'Hermosa ne parut ni l'étonner, ni l'embarrasser.

— *Diavolo* ! s'écria-t-il, Argine devait me combler ce soir.

— Bonsoir, caro mio, dit Hermosa en relevant avec précaution les volants de sa robe pour traverser le ruisseau de vin qui serpentait sur le plancher.

— Est-ce que tu reviens encore de Campo-Santo, la diva ?

Il mit deux doigts dans sa bouche, et lança un coup de sifflet si aigu, que le pauvre Moltifao tressauta en exhalant un soupir vineux.

Une servante entra.

— Un verre propre, Matta! Qu'est-ce que tu veux boire ?

— Du champagne frappé, dit Hermosa.

Picchiottino la regarda avec un étonnement admiratif.

— Pourquoi pas du johannisberg tout de suite, parole d'honneur ! tu te crois à l'hôtel Victoria, mia cara.

— Picchiottino mon bel ami, tiens-tu beaucoup à rester à Naples?

— Pourquoi ça?

— Parce que l'on m'offre un engagement au théâtre impérial de Vienne, et que j'ai bonne envie d'accepter.

— Comme ça se rencontre, s'écria le clown, moi qui ai toujours eu envie de voir l'Allemagne...

— Eh bien ! alors, fais ton paquet, je t'emmène.

— Bah ! en qualité de quoi ?

— En qualité d'intendant.

Picchiottino se gratta le front et garda le silence.

— Hésiterais-tu ?

— Mais la chose vaut la peine d'être examinée.

— Vraiment !

— Dame ! il me faudra rompre mon engagement avec la Bombarda; et si honorable que soit la position, elle me paraît un peu éventuelle.

— Oui, je comprends, tu voudrais des garanties.

— *Souvent femme varie* ! Ce qui est rose aujourd'hui est noir demain, — les girouettes tournent — hé! hé! on peut très bien congédier, un soir, l'intendant Picchiottino, et lui donner pour successeur un bel étudiant de l'université.

Un sourire ironique passa sur les lèvres d'Hermosa.

— Allons, fit-elle, tu connais le cœur humain presque aussi bien que mon amie Gervaise.

— Diavolo! je suis à bonne école pour cela.

— Bast! tu as raison, l'air de l'Allemagne pourrait bien être un peu froid pour nos amours.

— D'autant mieux, ajouta Picchiottino, qu'ils sont nés au pied du Vésuve, sous une touffe de laurier-rose.

— Et qu'ils se nomment Caprice, reprit Hermosa, en posant sa belle main blanche sur la tête du Picchiottino.

VII.

LE CANDIAH.

André d'Aubray rentra seul à la villa vers deux heures du matin.

La pâleur livide qui couvrait son visage, le tremblement fiévreux qui secouait ses membres, et la fixité effrayante de son regard, prouvaient de reste qu'il ne doutait plus.

Hermosa était la plus misérable de toutes les créatures.

— Laissez-moi ! dit-il brusquement, lorsque Laurent eut allumé les candélabres de l'atelier; et attendez mes ordres.

André resta immobile pendant quelques secondes, les poings crispés sur ses yeux :

— Les misérables ! les misérables ! dit-il d'une voix sourde. Ah! si Bartoletti ne m'avait pas fait jurer d'être calme... d'être lâche ! je les aurais écrasés sous mes pieds!... J'ai juré, répéta-t-il en relevant lentement la tête, j'ai juré de ne rien tenter dans ce bouge; mais je suis dégagé de mon serment maintenant.

Et sa main se crispa sur le canon d'un *revolver*, qu'il arracha d'une panoplie :

Mais il s'arrêta sur le seuil de la porte, et dit d'une voix sourde :

— Le sang ne laverait pas la boue !

Un calme apparent succéda presque aussitôt à ce premier mouvement de colère.

Il jeta l'arme sur le tapis, vint s'asseoir devant la table qui lui servait de bureau, et commença froidement ce terrible examen de conscience, cette désolante revue du passé, si pleins de doutes et de défaillance pour les esprits faibles.

Cette heure de réflexion devait avoir pour résultat de le mettre en face du suicide.

André d'Aubray n'avait, pour ainsi dire, jamais connu les douces joies de la famille : son père était mort lorsqu'il était encore au collége; quelques années passées avec sa mère à Saint-Martin-de-Ré, les meilleures de sa vie, et c'était tout.

Il lui restait bien encore une famille d'oncles et de cousins, mais les rapports qu'il avait eus avec ces parents, avaient été si froids de part et d'autre, qu'il avait complétement cessé de les voir.

Cette famille, assez inégalement partagée comme fortune et comme position, ne pouvait lui pardonner la sévérité de sa règle de conduite et sa maturité, en présence d'une fortune aussi solide. On avait espéré qu'il userait mieux de la vie, et qu'après une année ou deux de folies et de prodigalités, une interdiction en bonne forme ferait passer la gérance de ses biens aux mains du comte Henri de Bussières, frère aîné de sa mère.

André était assez mauvaise tête dans sa première jeunesse; il aimait avec passion les exercices violents, toutes choses qui exposent un brave garçon à recevoir une balle de pistolet dans la tête ou à se faire casser les reins dans un steeple chasse. Or, tous ces petits espoirs machiavéliques avaient été déçus; et André s'était réveillé un beau matin complétement brouillé avec les siens.

— Bast! s'était-il dit, j'ai joué à qui perd gagne! Je ne regrette que mon pauvre cousin Paul, qui a été assez sot pour se laisser prendre dans les filets d'or de la belle Herminie de Bussières. J'aurais fait quelque chose pour ce garçon-là; il serait devenu le compagnon de ma vie, ce qui aurait toujours mieux valu pour lui, que de noircir des rames de papier dans un ministère.

André avait trouvé des compagnons de travail, des camarades de plaisir et des parasites; mais si l'on excepte le docteur Bartoletti, n'avait pas rencontré un ami sincère et dévoué.

Une femme jeune et belle, une artiste véritable comme Hermosa, devait fatalement prendre un empire absolu sur son esprit et son cœur.

Elle était bien réellement sa seule joie, sa seule espérance en ce monde.

Après avoir marché quelques minutes dans l'atelier, André s'assit devant sa table, et écrivit d'une main ferme, le sourire sur les lèvres, le testament olographe suivant :

« Ceci est mon testament.

Naples, 2 juin 18..

« Moi, Charles-Louis-André d'Aubray, sain de corps et d'esprit, je donne et lègue par le présent acte :

1° La somme de *cinq cent mille francs* à madame veuve Catherine Mallet, demeurant à Paris, rue Neuve-des-Petits-Champs, 37, à charge par elle de donner une dot de deux cent mille francs à sa fille Henriette, pour le cas où cette dernière viendrait à se marier.

« 2° La somme de *trois cent mille francs* à la ville de Saint-Martin-de-Ré, pour la construction d'un hospice pour les pilotes, lamaneurs et matelots des équipages terre-neuviers, blessés, infirmes ou âgés de plus de soixante ans, nés dans l'arrondissement maritime de LaRochelle.

« Cette maison de refuge ne contiendra pas moins de cinquante lits.

« 3° Une somme de *six cent mille francs* placés en rentes sur l'État 3 0/0, formera le revenu de cet hospice.

« La chambre de commerce de Saint-Martin-de-Ré nommera le directeur et les employés de l'établissement, qui devront, toutefois, être choisis parmi les gens de mer.

« Cet hospice prendra le nom d'hospice de *Sainte-Louise*.

« 4° Une somme de *cent vingt mille francs*, dont le placement sera effectué de la façon la plus solide et la plus avantageuse, par la chambre de commerce de Saint-Martin-de-Ré; pour les intérêts de ladite somme être distribués, au 1er janvier de chaque année, aux famillles pauvres de l'île.

« 5° Une somme de *quatre cent mille francs* à mon ami Giacomo Bartoletti, ainsi que les meubles, tableaux, statues de la villa que je possède à Naples.

« 6° Sont exceptés de ce legs mes armes et mes bijoux, que je lègue au baronnet James Stewart.

» 7° Le mobilier que j'ai laissé à Paris, dans l'hôtel que j'ai loué, rue des Champs-Élysées, n° 18, sera vendu aux enchères publiques, pour le produit en être versé à la caisse de l'Association des artistes peintres et sculpteurs.

« 8° En acceptant le legs stipulé au paragraphe 5, le docteur s'engage à servir, pendant dix ans, une rente de cinquante scudos à Beccafumi, fossoyeur à Campo-Santo, afin qu'il entretienne avec soin la tombe où je reposerai. »

André s'arrêta un moment, un sourire sardonique crispa ses lèvres, et son regard fin brilla d'un éclat presque joyeux.

Il allait s'occuper de sa famille.

L'excentrique baronnet James Stewart n'eût certes pas rédigé cette seconde partie du testament avec plus d'humour.

André reprit la plume et écrivit :

« 9° Mon ex-domestique, le nègre Liberty, actuellement au service de mon ami sir James Stewart (baronnet), m'ayant dit plusieurs fois que le *rêve de sa vie* serait de posséder une chaîne de montre ; Maretti, joaillier à Naples, devra exécuter pour ce digne serviteur, une chaîne d'or, dite *châtelaine*, pesant *un demi-kilogramme* (le donateur tient essentiellement à la *rigoureuse* exactitude de ce poids, désirant *écraser* le donataire de sa gratitude).

« 10° Je lègue à mon oncle bien-aimé, comte Henri de Bussières, la somme de *mille francs*, plus le *Jugement de Pâris*, pastel de Lancret, représentant trois baigneuses vues de dos. (Il sera fait, pour ce codicille, une dérogation au paragraphe 7.)

« 11° Je lègue à ma chère tante, comtesse Hermine de Bussières, une somme de *cent mille francs*, et une villa d'été à Auteuil.

« Cette villa, dont mon exécuteur testamentaire devra faire l'aquisition dans les six mois de mon décès, sera payée comptant *soixante mille francs*.

« 12° Je donne à mon cousin et ami Paul d'Aubray, employé au ministère des finances, la somme de *deux cent mille francs*.

« 13° Je lègue à mon cousin (paternel), le capitaine Justin Préval, le brave des braves, un sabre d'honneur qui a appartenu au général Kléber, et un coupon de *deux mille quatre cents francs* en 3 0/0.

« Mon exécuteur testamentaire s'entendra, à cet égard, avec maître Bouniol, notaire à Paris, pour le placement du capital de cette rente.

« 14° Un legs de *vingt mille francs*, à M. Arthur de Grandidier.

« 15° Une somme de *quarante mille francs* à M. Gustave Hébert, statuaire, et un bloc de marbre de Carrare, de six mètres cubes, pour l'exécution de son *Prométhée enchaîné*.

« 16° J'institue, par le présent acte, le docteur Giacomo Bartoletti mon exécuteur testamentaire.

« 17° et dernier. Je désire que mes cendres reposent à Campo-Santo.

« *Signé* : ANDRÉ D'AUBRAY. »

Naples, ce 20 juin 185..

Nous remarquerons que le testateur avait eu le bon goût d'oublier complètement la signora Hermosa, et d'antidater d'un mois ses dernières volontés.

Cela fait, d'Aubray mit le testament sous une première enveloppe, cachetée de quatre cachets, sur laquelle il écrivit ces mots :

« A maître Bouniol, notaire à Paris.

« Cette enveloppe, cachetée de quatre cachets à mon chiffre, renferme le testament olographe que j'ai confié aux soins de M. de Grandval, consul de France à Naples. »

Puis il glissa cette première enveloppe dans une seconde plus large, avec ces mots :

« Mon cher ami.

« J'ai compté sur votre amitié pour l'exécution de mes volontés dernières.

« Quand vous ouvrirez ce pli, je serai mort.

« Envoyez en France le testament ci-joint, par le paquebot qui chauffera demain pour Marseille, et annoncez ma mort à M. le comte Henri de Bussières, mon oncle (Paris, rue Neuve-du-Luxembourg), par un télégramme.

« Je n'ose vous dire à revoir dans l'autre monde...

« Votre ami,

« ANDRÉ D'AUBRAY. »

— Un mot maintenant au pauvre docteur, fit-il en reprenant la plume :

« Mon cher Bartoletti,

« Pardonnez-moi de vous avoir injustement accusé de mensonge ce soir. Je ne serai plus au nombre des vivants quand vous lirez ce billet.

« N'ayez aucun remords de conscience, cher et bon ami, la signora Hermosa n'est pour rien dans ce grand départ... c'est une question de spleen.

« Comme il est fort probable que vous viendrez me serrer une dernière fois la main sur mon lit de mort, vous comprendrez tout de suite que j'ai donné la préférence au poison ; toutefois, ne tentez pas de deviner ou de *rechercher* son essence, vous perdriez inutilement votre temps et vos peines dans cette étude toxicologique. Je ne vous dissimulerai pas que j'ai mis une certaine coquetterie à intriguer la Faculté.

« Je ne vous ai pas oublié dans mon testament, non plus que votre ami sir James Stewart, et ce drôle de Liberty... Mon notaire à Paris, maître Bouniol, vous en dira plus long dans quelques jours, car je vous ai nommé mon exécuteur testamentaire...

« Adieu !

« Votre ami,

« ANDRÉ D'AUBRAY. »

Il se leva alors et sonna son domestique, qui entra aussitôt.

— Laurent dit-il, il y a bal, cette nuit, au consulat de France ; prenez cette enveloppe, rendez-vous chez M. de Grandval et attendez à l'antichambre que tous les invités soient partis.

— Bien, monsieur.

— Demandez alors à remettre votre message au comte, à lui seul. Mon nom, que vous direz au valet de chambre, vous fera introduire... Cela fait, rendez-vous chez le docteur Bartoletti, et remettez-lui cette lettre. Il est habitué à être réveillé la nuit par ses clients, la chose ne l'étonnera pas.

— Monsieur n'a plus rien à m'ordonner ?

— Plus rien. Ah! comme je suis très-satisfait de votre service, et que je désire vous dédommager des fatigues de cette nuit, prenez ces cinq cents francs.

Le valet voulut se récrier sur cette munificence, mais André se hâta de le congédier.

Une fois seul, il ouvrit les deux battants de la porte-fenêtre qui donnait sur la terrasse, et, la tête appuyée contre un des chambranles, il resta pendant quelques minutes absorbé dans une muette contemplation.

C'était dans le livre du Créateur qu'il lisait sa dernière prière.

Il rentra alors dans l'atelier, choisit dans une panoplie une longue pipe turque à fourneau de terre rouge, et prit ensuite, dans un bahut d'ébène, une petite boîte en argent ciselé. Cela fait, il alluma un grand feu dans la cheminée, et plaça devant le foyer un coussin et une peau de tigre.

Ces préparatifs achevés, il souleva avec précaution le couvercle de la boîte d'argent, en tira une sorte de tabac noir et gluant dont il chargea le fourneau de sa pipe, jeta la boîte au milieu du brasier, et se coucha sur le coussin. Après quelques secondes d'attente, il posa un charbon enflammé sur le fourneau de sa pipe, et commença à aspirer doucement la fumée.

Une vapeur âcre et suffocante se répandit à l'instant même dans l'appartement.

A la troisième aspiration, son visage se couvrit d'une teinte livide, ses prunelles, singulièrement dilatées, devinrent d'une fixité effrayante, et un souffle rauque et saccadé s'échappa de ses lèvres.

Sa volonté, plus puissante que la douleur, lui fit aspirer le poison pendant une minute encore : faisant alors un suprême effort, il se souleva sur un coude, arracha le fourneau de sa pipe et le jeta au milieu du brasier.

Un rire nerveux et muet tordit ses lèvres, et il retomba comme foudroyé sur le tapis.

Son cœur cessa de battre, et son visage et ses mains prirent peu à peu la teinte mate de la cire.

. . . .

. . . .

Le feu chantait toujours dans la cheminée, et de petites étincelles d'or montaient gaiement vers le ciel.

VIII.

UN AMI EXCENTRIQUE.

— Ah! bestia! s'écria le brave docteur après avoir lu le billet d'André, j'aurais dû prévoir cette folie.

Dix minutes après, il faisait enfoncer la porte de l'atelier, en présence du barrigel et de deux exempts.

Après avoir constaté le décès comme médecin, Bartoletti signa avec les témoins le procès-verbal, et s'occupa aussitôt des funérailles de son ami.

Vers deux heures, la signora Hermosa, qui avait appris l'événement, vint pousser des cris de désespoir à la villa. En sa qualité d'exécuteur testamentaire, Bartoletti la fit chasser comme une bohémienne.

A quatre heures, *ordre formel* de la police de Naples d'enterrer immédiatement le corps du suicidé, dans la partie la plus reculée de Campo-Santo.

Ordre qui fut exécuté sous la surveillance d'une douzaine de sbires.

Cinq personnes seulement suivirent le convoi jusqu'au cimetière :

Le consul français, M. de Grandval, sir James Stewart, le docteur Bartoletti, Laurent et Liberty.

La tombe refermée sur le pauvre André, le docteur et sir James s'assirent tristement sur l'herbe du champ de repos, pendant que Beccafumi plantait des piquets et tendait des ficelles autour de la tombe pour construire un tertre gazonné dans les règles de l'art.

— Mon ami, dit le flegmatique baronnet, je hâvai véritablement beaucoup de douleur du mort de cette pauvre garçonne. Oh! véritablement!

— Ah! si j'avais pu prévoir! dit Bartoletti qui sanglotait comme un enfant. Misérable Hermosa!

— Lady Stewart il disait à môa qu'elle était une vipère! Mon ami, prêtez môa le écrit de loui.

Bartoletti lui tendit silencieusement la lettre d'André.

Sir James prit son pince-nez d'écaille et lut lentement, épelant mot par mot.

— Oh! c'était véritablement étonnante!

— Oui, dit le docteur distrait.

Sir James posa un doigt sur la lettre, et lut à haute voix le paragraphe que nous connaissons déjà :

Vous perdriez inutilement votre temps et vos peines dans cette étude toxico... cololo... toxicobl...

— Toxicologique, dit Bartoletti, qui vit tout de suite qu'il n'en sortirait jamais.

— Yes! « *Je ne vô dissimioulerai pas que j'ai mis oûne certaine côquetterie à intriguer le Faculté.* » Oh! c'était prodigieuse! Indeed!

— Oui, et je vous avouerai que j'aurais donné beaucoup pour connaître la nature du poison dont il s'est servi.

— Oh! s'écria sir James avec exaltation, je aurai donné aussi beaucoup plus que vô, môa! Pourquoi ne feriez-vô pas le ouverture, le topsy... le ôtopsy de loui?

— L'idée ne m'en est pas venue.

— Eh bien! il faut demandé le permissione. Volé-vô? continua le baronnet de sa plus douce voix; une poisone inconnue de vô? oh! c'était bien pénible pour le Faculté.

— Comment pouvez-vous croire que la police m'accorde cette permission, après ce qu'elle vient de faire?

— Oh! reprit sir James avec mystère, je me passerai du police, môa.

— Comment?

— Yès! Autrefois, en Angleterre, quand les physiciens (médecins) ils travaillaient sur le corps des morts, ils payaient les *résurrectionnistes*.

— Qui volaient pour eux des sujets dans les cimetières, n'est-ce pas? dit Bartoletti avec dégoût.

— Yès!

Le docteur haussa les épaules, et retomba dans sa rêverie.

— Vô n'avez pas de ces gens-là à Naples?

— On les y pendrait haut et court.

— Indeed! Je aurais tant aimé à savoir quelle poisone!

— Eh bien! cherchez, dit le dottore qui commençait à perdre patience.

— Oh! si je étais physicien, je saurais le chose dedans la nuit, môa.

— Ah!

— Je payé beaucoup cet homme, il désigna Beccafumi, et il me apporté chez moi cette pauvre master d'Aubray.

— Vous oseriez?

— Je osé toujours, môa!

— Pauvre André! soupira Bartoletti, on aurait dit qu'il dormait.

— Mon ami, s'écria sir James radieux, si c'était seulement oune léthargie.

Bartoletti secoua la tête.

— C'été arrivé plousiors fois. Le capitaine Cowble, qui a voyagé beaucoup autour du monde, il disait à môa que les Indiens ils avaient une chose qui endormait les gens plusiors jours. Vô fesiez chez vô oune *chirurgical spectacle* pour les étudiants?

— Une leçon d'anatomie, oui.

— Vô avé des gens mortes, pour montrer à eux?

— Les sujets que l'on m'envoie de l'hôpital.

— C'était bien, je en savai assez.

— Prenez garde, sir James, dit sévèrement le docteur, pas d'excentricité lugubre; nos Napolitains vous mettraient en pièces, si vous aviez le malheur de remuer un pouce de terre de cette tombe.

— Oh! répliqua sir James, ces gens-là ils n'aimaient pas le science!

Les deux hommes redescendirent à Naples.

— Mon ami, dit sir James, en prenant congé de son compagnon, je aurai l'honneur de vous voir dans le soirée.

— Je vous attendrai, sir James, mais surtout pas de folies.

— Oh! je fesé jamais de choses bêtes, môa!

IX.

LAZARE.

Bartoletti connaissait de longue date l'inébranlable volonté de sir James, quand il s'agissait pour lui de satisfaire une fantaisie ou d'assouvir sa curiosité.

L'honorable baronnet était descendu dans le Vésuve, à quatre-vingt-dix pieds dans le cratère, c'est-à-dire à une profondeur où le thermomètre marque 50 degrés.

Deux mois plus tard, il se revêtait d'un appareil de plongeur, confectionné tout exprès pour lui, et allait se promener au fond du golfe de Naples pour ramasser de vieux clous le long du môle.

Or le désir qu'il avait manifesté de connaître le poison employé par d'Aubray, la pensée qu'il avait eue de le faire exhumer secrètement, donnaient beaucoup à réfléchir au docteur.

Onze heures venaient de sonner, lorsqu'une voiture s'arrêta devant le perron de sa maison, située près de la porte de Portici.

Bartoletti alla ouvrir.

Le baronnet conduisait lui-même.

Aucun domestique ne l'accompagnait.

Le docteur eut une révélation soudaine.

— Malheureux! s'écria-t-il, vous avez osé?

— Yès! fit sir James, il était dedans le voiture avec Beccafumi!

— Mais c'est une indigne profanation.

— Oh! je prené tout pour môa-même. Et il ajouta à voix-basse: Vous allez faire le otopsy cette nuit! Demain, à la même heure, nous reviendrons le prendre.

Le docteur parut se consulter avant de répondre.

— Eh bien, soit! dit-il résolûment; car je vous connais... si je refusais, vous seriez capable...

— De aller tout de suite chez le docteur de môa.

Bartoletti rentra aussitôt et alluma une lampe qu'il porta dans son amphithéâtre.

Beccafumi et sir James posèrent le mort sur une table de marbre.

Le cadavre était enveloppé dans un grand manteau brun.

Le docteur tira d'une armoire une boîte d'acajou à poignées de cuivre.

— Quelle était cette chose? demanda sir James à voix basse.

Bartoletti ouvrit la boîte et en tira un couteau à amputation, un scalpel, des pinces et un de ces bassins d'argent propres aux études splanchnologiques ou des viscères, pour parler une langue plus accessible.

A la vue de ces divers instruments, sir James se recula avec horreur.

— Oh! s'écria-t-il, je volé pas, môa! je avai le cœur de môa tout... je sentai véritablement le mal de mer! Oh! adieu, adieu!

— A demain, dit froidement le docteur; et surtout du silence.

— L'homme il taira lui.

— Zai zouré sur la Madone, proféra Beccafumi en étendant la main droite.

Le baronnet grimpa sur le siége de la voiture, et fouetta les chevaux.

Il était aussi pâle que son jabot de batiste.

Le bassin d'argent lui avait donné des affadissements d'estomac, et le couteau à disséquer, des frissons dans le dos.

Beccafumi s'était éclipsé avant lui.

Une fois seul, Bartoletti posa ses instruments et sa lampe sur le rebord de la table, et commença à dépouiller le cadavre du manteau et du linceul qui l'enveloppaient.

Il fut étonné de l'élasticité et de la moiteur des membres.

Les traits d'André étaient incomparablement moins décomposés que lorsqu'il avait été couché dans sa bière.

Bartoletti appuya une oreille sur la poitrine : aucun battement, aucun souffle sur les lèvres.

Il prit alors un scalpel et *dessina*, plutôt qu'il ne coupa, sur le creux de l'estomac, un carré oblong de quatre pouces de long sur trois de large.

— Mauvaise lame, fit-il en essuyant l'instrument sur une peau de daim.

Il chercha dans sa boîte et dit :

— Où diable ai-je mis mes couteaux neufs.

Allumant alors un bougeoir, il remonta dans sa chambre, et se mit à bouleverser les armoires pour retrouver les instruments dont il avait besoin.

. . . .

Le cadavre était toujours étendu sur le dos.

Tout à coup, quatre lignes de pourpre apparurent sur la poitrine, et un filet de sang vermeil coula sur la table de marbre.

Les paupières du mort se relevèrent, mettant à découvert deux prunelles fixes et rondes.

Les doigts de la main gauche se contractèrent, et les lèvres s'entr'ouvrirent en faisant entendre une sorte de claquement nerveux qui n'avait rien d'humain.

. . . .

Le docteur rentrait en ce moment dans l'amphithéâtre.

Le spectacle qui l'attendait là eût terrifié de plus braves que lui.

Pâle, sanglant, les cheveux hérissés, les dents serrées, son mort était appuyé sur les genoux et sur les mains, comme une bête fauve en arrêt.

Bartoletti voulut crier, la voix expira sur ses lèvres.

Au bruit qu'il fit, André tourna lentement la tête de son côté, et fixa sur lui deux prunelles atones.

Le pauvre docteur resta comme fasciné par ce regard.

Son mort vivait!

X.

Cependant Bartoletti était trop familiarisé avec la mort pour être longtemps dupe d'un phénomène qui, pour paraître surnaturel, n'était en réalité qu'un cas curieux de léthargie.

Il ne songea qu'à donner de rapides secours à son ami.

Il commença par lui faire respirer des sels, et humecta ses tempes et ses narines avec du vinaigre.

Ces soins ne tardèrent pas à amener le résultat qu'il souhaitait.

D'Aubray reprit tout à fait connaissance.

Ses yeux se fixèrent avec une indicible expression de terreur sur sa poitrine lacérée par le scalpel, et sur les instruments qui brillaient autour de lui.

Le réveil était horrible.

Bartoletti comprit le danger de la situation.

— Du courage, mon pauvre André, dit-il tout en le soutenant dans ses bras, l'opération a parfaitement réussi, vous êtes sauvé maintenant.

— Sauvé! répéta André d'une voix faible. De l'eau! j'ai soif! j'ai bien soif!

Le docteur versa cinq gouttes d'éther dans un verre d'eau sucrée, et lui fit boire lentement quelques gorgées; après quoi il lui appliqua à la hâte une compresse humide sur la poitrine, et l'enveloppa dans le manteau qui avait servi à le transporter.

— Mort, enterré, disséqué, vivant! murmura André en relevant sur le docteur un regard plein d'épouvante.

— Ne vous fatiguez pas inutilement à comprendre ce que je vous expliquerai plus tard, dit Bartoletti un peu embarrassé; laissez-vous soigner, cela vaudra mieux.

— Je me suis reposé à Campo-Santo! reprit d'Aubray en se renversant sur le dossier du fauteuil sur lequel le docteur l'avait porté; j'ai maintenant toute ma connaissance, nous pouvons causer, docteur. Mais d'abord permettez-moi de vous féliciter de la bonne inspiration que vous avez eue de me faire déterrer dans l'intérêt de la science; vous n'y perdrez rien, allez, mon cher exécuteur testamentaire.

Il tenta un effort pour se lever, mais il retomba évanoui sur le fauteuil.

Quand il fut un peu réconforté par le bouillon et le vin de Bordeaux que lui fit doucement prendre Bartoletti, il l'appela et lui serrant les mains avec effusion :

— Ainsi, lui dit-il en souriant, je suis ressuscité comme Lazare?

— Oui, et cette résurrection qui m'enchante comme ami, bouleverse ma raison comme médecin. Que diable aviez-vous donc avalé, mon cher André?

— J'ai fumé du *gandiah*.

— Qu'est-ce que cela?

— C'est un tabac que les nègres de l'île Maurice font fermenter pendant six mois dans de la mélasse, et qu'ils fument quand ils veulent se soustraire aux mauvais traitements de leurs maîtres. Celui que j'ai employé était évidemment éventé; je l'ai compris plus tard quand j'ai entendu les pelletées de terre qu'on jetait sur ma bière.

Bartoletti passa sa main sur son front pour essuyer la sueur froide qui coulait le long de ses tempes.

— Je vous ferai grâce, cher ami, de mes impressions de voyage d'outre-tombe; mais je vivrais deux cents ans, qu'elles seraient toujours aussi présentes à mon esprit, qu'elles le sont en ce moment. L'enfer n'a rien inventé de plus horrible.

— Tant mieux, *Per Dio!* s'écria le docteur, cela coupera radicalement votre fièvre de suicide.

— Enfin, sans cet original de sir James, j'étais enterré vivant.

— Pourquoi diable aussi vous aviser de faire des cachotteries à la Faculté.

— Ouf! soupira André, j'en suis quitte à bon compte.

Bartoletti se leva et fit quelques tours dans la chambre en sifflotant une tarentelle.

— Hélas! non, dit-il enfin en se croisant les bras, et en s'arrêtant en face de son malade.

— Comment cela?

— Vous n'aviez pas le droit de ressusciter.

— Bah!

— Suivez bien mon raisonnement: vous êtes mort, enterré, télégraphié, et votre testament court la poste... Il est inadmissible qu'étant rayé du nombre des vivants de par la Faculté et la loi, vous reveniez vous promener sur notre planète. Trouvez-moi donc un honnête moyen de justifier votre rentrée.

— Parbleu! je déclarerai toute la vérité.

— Et vous ferez pendre haut et court votre sauveur sir James Stewart, en compagnie de ce pauvre docteur Giacomo Bartoletti.

— Mais... répliqua André.

— Mais, interrompit Bartoletti, la loi est formelle; elle punit de mort ceux qui violent l'asile des morts! Que l'on vous rencontre demain à Naples, on ouvre d'abord une enquête, on ouvre ensuite votre tombe, et on apprend que sir James a payé Beccafumi, pour vous exhumer la nuit; que le dit sir James vous a transporté chez le docteur Bartoletti pour vous faire couper menu comme chair à pâté, sous prétexte de *topsy*, comme dit ce brave baronnet; et le tableau final de ce comte fantastique représentera trois potences où figureront les trois personnages en question.

— En effet! s'écria André, la situation est originale.

— Je la trouve encore plus désastreuse!

— Pas pour vous, qui héritez de quatre cent mille francs.

— Très-bien! traitez-moi comme un huissier à présent.

— Enfin, que dois-je faire?

— Je vais d'abord vous dire comment je vais procéder à l'égard de votre dépouille mortelle. J'irai ce matin à l'hôpital, et je me ferai envoyer immédiatement un *sujet*; je pratiquerai sur lui l'autopsie que je...

— Que vous aviez commencée sur moi, interrompit André.

— Et quand sir James reviendra cette nuit avec son Beccafumi, je lui remettrai le corps bien empaqueté, bien cousu dans un sac; après quoi je montrerai à mon excentrique une salamandre infusée dans l'esprit de vin, en lui disant:

— Voilà ce qu'il avait avalé le malheureux!

— Je parie cinq louis qu'il l'achète?

— Et je suis homme à la lui vendre cinq cents francs.

— Eh bien, et moi?

— Vous?... fit le docteur après quelques minutes de réflexion... vous allez écrire un autre testament olographe postérieur au premier, par lequel vous m'instituerez votre légataire universel... Je vous donnerai en échange une contre-lettre qui assurera tous vos droits sur la totalité des biens qui me seront confiés. Vous aurez soin de déclarer, dans ce nouvel acte, qu'il n'a été fait en ma faveur qu'à la charge, par moi, d'acquitter une dette d'honneur dont vous n'avez pas voulu frustrer un galant homme.

— Je vous avoue, mon cher docteur, que je ne comprends guère la valeur de ce dernier codicille.

— Vous ne comprenez pas que vos héritiers peuvent attaquer vos dernières dispositions?

— Oh! c'est peu probable.

— C'est un fait certain pour moi, et ce codicille est notre seule planche de salut, si ce sont d'honnêtes gens; car alors ils hésiteront à laisser peser une mauvaise action, une tache sur la mémoire de leur parent.

— Mais ne serait-il pas plus simple de rentrer tranquillement chez moi, et de démentir par ma présence le faux bruit de ma mort?

— Non, très-cher: 1° Vous êtes rayé des registres de l'état civil; 2° vous perdez vos deux sauveteurs; 3° vous êtes tué par le ridicule... Oh! je ne vous ai pas encore parlé de votre crime, mais vous n'aurez rien perdu pour attendre, allez! La petite partie de cimetière que vous venez de faire vous a complètement guéri de votre folie amoureuse, c'est quelque chose; mais il vous faut compter maintenant avec votre conscience. Dieu vous avait donné l'esprit, la beauté, un grand cœur et une belle fortune, et, dans une heure de faiblesse, de lâcheté, vous avez jeté tous ces trésors comme des haillons!

— Docteur!

— En faisant pour vous un miracle, la Providence a voulu que vous rachetiez votre faute, que vous effaciez de vos larmes le doute affreux qui vous a fait renier le Créateur. Riche ou pauvre, je ne sais ce que le sort vous réserve; mais sans nom et sans patrie, comme le Juif de la légende biblique, vous marcherez seul dans le monde.

— Soit, dit résolûment André, je sais le prix de l'existence à présent, et je tâcherai de bien l'employer. Le vieil homme est mort! Salut à ma jeunesse qui refleurit! Salut, mon cœur! je vis, j'existe, je crois! Si rude et si brûlant que soit le chemin de la vie, il ne lassera pas mon courage.

— Bien! j'attendais ces bonnes paroles pour vous dire: « Vous aurez un compagnon de route, qui vous soutiendra quand vous faiblirez, et vous défendra dans la lutte. »

André se jeta dans ses bras et pleura silencieusement sur son sein.

— Le temps nous presse; soyons forts, répondit le docteur. Je suis au mieux avec le ministre de la police, dont j'ai sauvé la fille; je le verrai ce soir, et lui demanderai un passe-port pour la France. J'inventerai pour cela une histoire de proscrit politique... Un corricolo vous conduira hors du royaume de Naples... Avez-vous encore un peu d'argent?

— J'ai laissé deux cent mille francs environ dans mon secrétaire.

— Les scellés n'ont pas encore été apposés; je prendrai la somme en passant à votre villa. Diable! c'est déjà un assez joli denier pour un homme qui s'est volontairement déshérité! Écrivez ce second testament dans la forme convenue, pendant que je vais m'occuper des préparatifs de votre départ... et surtout ne quittez pas cette chambre... Vous savez ce que nous coûterait votre résurrection!... Au revoir!

Le docteur rentra vers deux heures avec un passe-port au nom du baron de Wikemberg, et les deux cent mille francs qu'il avait pris à la villa.

André s'était levé et habillé avec des vêtements pris dans la garde-robe de son ami.

— Voici, dit-il, le testament que j'ai écrit sur votre bureau... il porte la date du 6 juillet, avant-veille de ma mort.

Bartoletti fut frappé de la pâleur, pour ainsi dire surnaturelle de son visage, et de l'éclat métallique de son regard.

La physionomie d'André était si complétement changée, que ses amis les plus intimes eussent hésité à le reconnaître.

Bartoletti lui prit les deux mains et le contempla pendant quelques secondes en silence.

— Souffrez-vous, mon ami? lui demanda-t-il.

— Non: seulement, il me semble que mon sang s'est figé dans mes veines, et que j'ai complétement perdu *la mémoire du cœur*.

Bartoletti appuya son oreille sur sa poitrine et consulta en même temps son chronomètre.

— Je ne vous demanderai pas si vous croyez aux médecins, mon cher ami.

— Pourquoi cela?

— Parce qu'après ce qui s'est passé entre nous, vous seriez fondé à déclarer que notre science n'est rien moins qu'exacte.

— Vous vous trompez, docteur, j'y crois fermement, au contraire, en reconnaissant, toutefois, que la nature lui a imposé des limites.

— N'importe, j'aime mieux vous faire une prédiction, comme un simple magicien de foire.

— Faites, dit André en souriant.

— Eh bien, reprit le docteur, cette pâleur mortelle que vous ne considérez sans doute que comme une trace éphémère de votre empoisonnement, cette pâleur est maintenant indélébile. Votre cœur, qui semble s'être glacé dans votre poitrine, bat et battra toujours moins fort que celui des autres hommes. Vos sens sont morts! Ne vivant plus, pour ainsi dire, que par l'esprit, votre intelligence, dégagée complétement des passions qui nous sont imposées par nos sens, possédera cette supériorité morale, ce calme et cette liberté d'action des âmes d'élite.

— Mais c'est la tombe moins son suaire et ses ténèbres.

— C'est le bonheur, dit gravement Bartoletti.

André courba la tête, et deux larmes roulèrent sur ses joues.

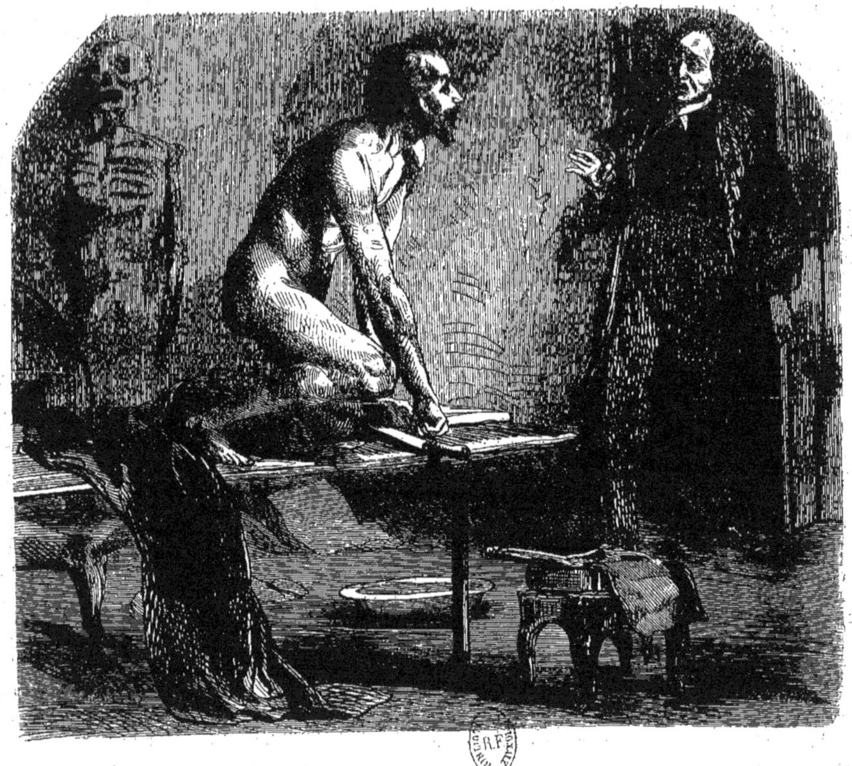

R.F. BIBLIOTHÈQUE NATIONALE

Au bruit qu'il fit, André tourna la tête de son côté.

XI.

AGENDA.

André quitta Naples dans la nuit, après avoir pris rendez-vous pour le 20 juillet, à Bougival, avec son exécuteur testamentaire.

Sir James accepta la version de la salamandre dans toute sa naïveté, et offrit, ainsi qu'André l'avait prévu, une somme considérable pour la possession de ce reptile.

Bartoletti lui en fit présent dans un accès de générosité.

Le lendemain, sir James lui envoya une épingle en diamant.

Beccafumi avait emporté et enterré le cadavre que le docteur s'était fait expédier par le garçon d'amphithéâtre de l'hôpital.

Après avoir réglé à la hâte toutes ses affaires à Naples, Bartoletti s'embarqua avec sir James, Olivia et Liberty sur le yacht de plaisance du baronnet.

Sir James avait voulu rendre un dernier hommage à la mémoire de son ami, en conduisant en France son exécuteur testamentaire.

Après cinq jours de traversée, *le Fury* entra dans le port de Marseille.

Bartoletti prit aussitôt congé de ses amis, et partit deux heures après pour Paris.

Le Fury remit sous voile dans la soirée, en destination du Havre.

Sir James, ayant appris au bureau de la marine que des régates devaient avoir lieu dans cette ville, avait envoyé immédiatement une dépêche télégraphique pour faire inscrire *le Fury* dans la course des yachts.

Le clipper fit escale à Gibraltar, à Lisbonne, à l'île de Ré, à Brest, et passa enfin sous les jetées du Havre après une traversée de douze jours.

Lady Olivia Stewart se souciait médiocrement d'aller courir des bordées devant Sainte-Adresse ; mais elle comptait bien qu'une fois au Havre, elle déciderait facilement le baronnet à passer l'hiver à Paris.

Les rêves les plus éthérés de l'Orient, les heures les plus suaves de la vie amoureuse d'Héloïse et d'Abélard, les joies du paradis de Mahomet, sont fades et décolorées auprès de l'ineffable bonheur qui enivrait Liberty à bord du *Fury*, où lady Olivia avait le mal de mer plein d'abandon et de morbidesse.

La diva, que nous avons complétement laissée de côté pour suivre une autre phase de notre action, était restée comme stupéfiée par la mort de son amant.

L'événement était si inattendu, si étrange, si peu motivé pour elle, qu'elle doutait encore de la réalité.

Le mutisme absolu de d'Aubray à son égard lui semblait tellement incompréhensible, qu'elle en était arrivée bientôt à repousser l'idée d'un suicide, pour croire à un assassinat ; mais Gervaise s'en tenait à sa prédiction, et les faits allégués par Hermosa étaient autant de preuves de la funèbre monomanie qu'elle avait signalée chez le jeune homme.

Hermosa n'aimait pas André, le lecteur le sait du reste ; mais en le perdant elle perdait la meilleure part de sa fortune ; une crise financière était imminente.

Fort heureusement pour elle, Gervaise lui restait, et cette fidèle amie était de *bon conseil* en pareille occasion.

Un mauvais vent soufflait décidément sur les célébrités artistiques de Naples.

Maître Bouniol tira de son dossier le testament et commença à lire.

Picchiottino, que la diva avait fait mettre à la porte comme un laquais voleur, allait toutes les nuits exhaler ses regrets amoureux à l'osteria Barbieri.

Malheureux en amour, heureux au jeu! — dit le proverbe.

Picchiottino, qui avait trouvé utile et agréable d'encaisser par deux fois la solde du garde-suisse dont nous avons parlé déjà, voulut continuer ce petit commerce avec le même bonheur.

Malheureusement pour lui, le citoyen Hans Swebachoëffer, le garde-suisse en question, perdit un soir trente ducats sur un roi de pique si affreusement bizeauté, que cela lui aigrit subitement le caractère.

Il commença par jeter par la fenêtre le roi de pique et sa cour, et tenta de mettre le clown de la partie.

Picchiottino, à bout de protestations, se mit alors à envoyer une volée de coups de pieds dans le ventre du citoyen Hans Swebachoëffer, lequel tira son grand sabre, et le lui passa au travers du corps.

On ne trouva chez le clown qu'une montre de cuivre, qui valait bien deux scudos et sept à huit grains. Mais on découvrit dans une vieille armoire de chêne les autographes des cardinaux romains, de 1044 à 1820.

Cette précieuse découverte fit grand bruit à Naples, et les archéologues se disputèrent cette collection avec tant d'âpreté, que les enchères publiques montèrent à vingt cinq mille francs.

Comme il ne laissait pas d'héritiers, le trésor public encaissa la somme.

Avant d'être clown, Picchiottino avait été *petit laquais* chez un chanoine de Sainte-Marie-Majeure, lequel était mort d'une apoplexie foudroyante.

En furetant dans les papiers de ce digne pasteur, Picchiottino avait trouvé la fameuse collection, et se l'était adjugée avec quelques tabatières de vermeil et un carton de médailles d'or.

Les autographes les plus récents étaient de 1818.

Picchiottino comprit que, s'il parvenait à combler cette lacune, sa collection aurait un jour une valeur réelle; il se mit donc à brocanter patiemment pendant dix ans, échangeant, troquant avec les Juifs du Ghetto, qui venaient à Naples acheter des laves et du faux étrusques.

Pauvre Picchiottino! comme il aurait réalisé sa fortune en romagnol mousseux, s'il avait pu prévoir que le sabre de son ami Swebachoëffer le clouerait comme une chouette sur une porte de cabaret.

XII.

MINES ET CONTRE-MINES.

Deux jours après son arrivée à Paris, le faux baron de Wikemberg louait une petite maison de campagne dans l'île de Croissy, à deux portées de fusil de Bougival, et s'y installait avec le domestique anglais qu'il avait pris à son service.

Les héritiers d'André d'Aubray, ne reconnaissant pas le second testament qui les déshéritait complétement au profit d'un étranger, attaquaient ce testament pour le faire casser par le tribunal civil.

Une résurrection éclatante était plus que jamais impossible, car le testateur devenait, par ce fait, complice de machinations ténébreuses. L'affaire prenait des proportions énormes; le gouvernement napolitain demandait et obtenait l'extradition du doc-

BIBLIOTHÈQUE NATIONALE IMPRIMÉS

teur, qui était pendu, ou, tout au moins, condamné aux galères à perpétuité.

Le comte de Bussières, s'étant chargé par dépit de la conduite de l'affaire, le procès ne pouvait guère traîner en longueur.

Quant à son issue, elle ne semblait pas douteuse.

La cour casserait le second testament pour faire exécuter le premier, qui, malgré son étrangeté, était encore plus digne d'intérêt qu'une donation évidemment surprise par un intrigant. Bartoletti était exaspéré.

— Bah! fit d'Aubray, il nous restera toujours vingt-cinq à trente mille livres de rente, ce qui est encore bon à prendre.

— Mais j'espère bien que vous vous défendrez *unguibus et rostro* contre tous ces corsaires.

— A quoi bon? La bataille est perdue d'avance.

— C'est ce que nous verrons. Combien m'autorisez-vous à donner à notre avocat s'il nous fait gagner notre cause?

— Cinquante mille francs.

— Nous gagnerons, *per Dio*! nous gagnerons.

Et le brave docteur revint à Paris, où il commença à mettre les *fers au feu*.

Un mois après, heure pour heure, le tribunal cassait le testament par lequel le docteur Bartoletti était institué légataire universel d'André d'Aubray, reconnaissant comme seul bon et valable le premier testament, expédié par le consul de France à Naples.

L'avocat de la partie adverse avait tout simplement présenté ce pauvre Bartoletti comme un misérable empirique, plus habile à contrefaire l'écriture des gens qu'à les guérir de la fièvre.

Le Napolitain eut une envie démesurée de souffleter ce digne défenseur de la veuve et de l'orphelin, au sortir de l'audience; mais on lui fit observer que la chose était très-ordinaire, parfaitement dans les mœurs françaises, et que ceux qui avaient l'esprit assez mal fait pour s'en fâcher, étaient passibles de peines très-sévères.

Quant à André, il ne fut ni surpris ni peiné de l'échec qu'il venait d'essuyer; il se fit seulement rendre un compte exact des menées de ses adversaires, de leur attitude pendant les débats, et enfin de la teneur du jugement.

— Que comptez-vous faire à présent? lui demanda Bartoletti quand il lui eut donné toutes les explications qu'il demandait.

— Quand la famille se réunit-elle chez mon notaire pour toucher les legs que j'ai laissés? Vous devez savoir cela, puisque vous restez toujours mon exécuteur testamentaire.

— Après-demain, à neuf heures du matin.

— Et quand vend-on le mobilier de mon hôtel des Champs-Élysées?

— Dans huit jours.

— Je vous dirai dans huit jours comment je dépenserai la fortune qui me reste.

— *Per Dio*! s'écria Bartoletti en faisant claquer ses doigts comme des castagnettes, si j'étais à votre place, je ne serais pas embarrassé.

— Je puis vous affirmer, mon cher Bartoletti, que mon parti est déjà pris. Souvenez-vous de la ballade de Bürger : les morts vont vite.

XIII.

PAR-DEVANT NOTAIRE.

Dès huit heures du matin, le petit clerc de maître Bouniol était entré dans le cabinet de son patron, et, après avoir déposé sur le bureau un dossier cerclé d'une bretelle de cuir, une carafe, un verre et un sucrier, il avait formé un demi-cercle de fauteuils.

Lorsque le notaire descendit à l'étude, ces dispositions stratégiques étaient complétement terminées.

La convocation était pour neuf heures précises.

A neuf heures moins cinq minutes, le petit clerc annonçait successivement le comte Henri de Bussières, le capitaine Justin Préval, Paul d'Aubray, Gustave Hébert et M. de Grandidier.

Maître Bouniol entra alors par une petite porte dissimulée par un large paravent, exécuta trois saluts cérémonieux et gourmés, et s'assit devant son bureau.

— Nous sommes tous réunis, je crois, fit-il en commençant à classer les pièces du dossier.

— L'exécuteur testamentaire de feu M. André d'Aubray n'est pas encore arrivé, fit observer le petit clerc.

Maître Bouniol tira sa montre et compara l'heure qu'elle marquait avec celle d'une magnifique pendule de Paul Garnier, placée sur la tablette de la cheminée.

— Il n'est encore que neuf heures cinq, dit-il, avec l'accent convaincu d'un homme qui sait qu'il n'attendra pas longtemps.

— M. Bartoletti devrait cependant posséder un bon chronomètre, dit M. Gustave Hébert au comte; la fièvre se mesure avec une précision mathématique.

— La fièvre d'or surtout, répliqua Henri de Bussières avec un petit sourire froid.

Or, comme l'exécuteur testamentaire de notre ami André devait se faire attendre pendant vingt minutes, nous profiterons de cet entr'acte pour donner ici la galerie de ces portraits de famille.

A tout seigneur, tout honneur!

Le comte Henri de Bussières entrait dans sa quarante-huitième année; c'était un homme de haute taille, maigre, sec et jaune, à l'œil atone, aux lèvres pâles et pincées.

Sa voix profonde et sonore était impérieuse, comme celle d'un accusateur public en fonctions.

Il semblait toujours jouer un rôle, et craindre de manquer de mémoire.

Après avoir été sous-préfet dans le Nord, il était entré à la Chambre en 1848.

Quelques années plus tard, Henri de Bussières, qui passait à juste titre pour un administrateur intelligent, avait été placé à la tête d'une grande compagnie industrielle.

Ces mots, comte Henri de Bussières, faisaient très-bien sur la liste d'un conseil de surveillance.

M. de Grandidier, prototype du gentilhomme campagnard, était un gros garçon rougeaud et grisonnant, avec de larges mains hâlées et de gros yeux bêtes à fleur de tête; égoïste comme un ours, coureur de servantes d'auberge, chasseur effréné, joueur passionné de tric-trac et très-amateur de vieux vins; au demeurant, borné comme un berger, et pas du tout fier de ses vingt mille livres de rente.

Arthur de Grandidier habitait dix mois de l'année la ferme qu'il possédait en Picardie, à cinq ou six lieues d'Amiens, et y dépensait à peine le quart de son revenu.

Il arrivait à Paris dans les premiers jours de décembre et en repartait fin janvier. Ces vacances, pendant lesquelles il courait seul les restaurants, les spectacles et les bals, étaient son seul luxe, sa seule fantaisie.

Trois lignes suffiront pour tracer le portrait de Justin Préval.

Brutal et bête comme un sabre, candide et honnête comme un missionnaire de la Chine, quarante ans, physique de jeune grognard.

Le sculpteur Gustave Hébert était un grand jeune homme mince, aux yeux, aux cheveux de jais; un de ces bellâtres artistiques qui se parfument la barbe, portent des jaquettes de velours noir dans leur atelier et des épingles de diamant sur des cravates de satin bleu de mer.

Gustave Hébert était le statuaire ordinaire des actrices qui faisaient couler en plâtre leur célébrité et leurs épaules.

Son atelier, situé dans l'avenue Frochot, servait de rendez-vous à la bohême galante de Paris.

Paul d'Aubray, cousin germain d'André, était, comme nous le savons par le testament de ce dernier, attaché au ministère des finances. Cœur d'or, nature excellente, toute féminine par son excessive sensibilité.

Paul d'Aubray n'avait pour tous biens que les dix-huit cents francs qu'il touchait à son ministère.

Il était le seul de la famille qui portât le deuil.

. . . .

Le petit clerc annonça enfin le docteur Giacomo Bartoletti.

L'exécuteur testamentaire de feu André d'Aubray était accompagné d'un monsieur tout de noir habillé, et porteur de conserves d'or à verres bleus et d'épais favoris taillés en broussailles. Ce monsieur tenait sous le bras un large portefeuille-serviette, et avait à la main un chapeau de forme basse, à larges bords. Une crinière véritable, d'un noir terne, couvrait son chef.

Une demi-douzaine de petits : « Ah! ah! » saluèrent leur entrée.

— Pardonnez-moi, messieurs, de m'être fait attendre, dit Bartoletti en affectant de s'adresser à maître Bouniol; mais comme je désirais être assisté par mon conseil, M. Augustin Buontalenti, j'ai dû passer le prendre chez lui avant de me rendre ici.

— Quand il vous plaira de commencer, maître Bouniol, nous

sommes à vos ordres, interrompit Henri de Bussières en allant s'adosser contre la cheminée.

Les autres personnages prirent place sur les fauteuils placés devant le tabellion.

Le conseil de Bartoletti, qui n'était autre que notre ami André, s'assit tout contre le bureau de maître Bouniol, dans l'ombre, et de manière à ne pas perdre un geste, un signe des autres personnages.

Maître Bouniol tira de son dossier le testament, et commença à lire la formule placée en tête.

— Mais, dit André après la lecture du premier paragraphe, les dames Mallet, mère et fille, n'ont pas été convoquées ?

— Madame Mallet m'a écrit qu'elle ne pouvait quitter sa fille, malade depuis un mois, repartit maître Bouniol en prenant un pli, voici sa lettre, et il la remit au dossier.

— Cinq cent mille francs légués à ces dames! dit M. de Bussières avec un méchant sourire ; voilà une donation qui ressemble beaucoup à une réparation.

André resta impassible, mais sa main gauche se crispa sur le bras de son fauteuil.

— Permettez, dit M. Gustave Hébert, comment le testateur a-t-il entendu assurer l'exécution du codicille compris dans ce paragraphe : *à charge, par elle, de donner une dot de deux cent mille francs à sa fille Henriette, pour le cas où cette dernière viendrait à se marier?* Quelle garantie aura mademoiselle Henriette? Madame Mallet peut manger sa fortune!

— C'est juste! c'est très-juste! s'exclama Justin Préval.

— Il faudrait lui nommer un tuteur d'office, continua Gustave Hébert.

— Permettez, messieurs, dit Bartoletti, en ma qualité d'exécuteur testamentaire du défunt, c'est à moi de veiller à l'exécution de ce paragraphe : une somme de deux cent mille francs, *incessible et insaisissable*, sera placée au Trésor : le coupon de cette rente restera entre les mains de maître Bouniol, qui en fera toucher, tous les trimestres, les arrérages, qu'il remettra à madame Mallet; le jour où mademoiselle Henriette se mariera, le coupon de cette rente lui sera transféré.

— Très-bien, appuya André ; comme cela nous évitons de donner un tuteur à mademoiselle Henriette, chose toujours fâcheuse.

— L'arrangement proposé par M. Bartoletti me paraît devoir sauvegarder les intérêts des parties intéressées, fit maître Bouniol, et je l'adopte complétement pour ma part.

Les paragraphes 2, 3 et 4, c'est-à-dire les différentes donations faites à Saint-Martin-de-Ré, passèrent sans la moindre réclamation de la part des héritiers d'André d'Aubray.

Ils comprenaient qu'ils auraient affaire à trop forte partie.

L'article 5 : « *Une somme de quatre cent mille francs, à mon ami Giacomo Bartoletti, etc.,* » fut accueilli par un chuchottement général et des rires étouffés.

Tomber de deux millions à quatre cent mille francs!

« *La vente du mobilier au profit de la caisse de l'Association des artistes peintres sculpteurs,* » fit éclater une véritable tempête.

— C'est absurde! grommela Justin Préval qui n'avait pas une chaise à lui, et logeait en garni aux Batignolles.

— C'est par trop bête! dit froidement Gustave Hébert, qui avait entendu parler souvent des somptuosités de l'atelier d'André d'Aubray.

— Vous êtes libres d'attaquer ce testament comme l'autre, dit Bartoletti d'un ton narquois.

— Mais, répliqua Henri de Bussières, si nous devions y gagner autant que la première fois, la chose en vaudrait la peine.

— Oh! le jeu pourrait devenir dangereux pour vous, Messieurs, riposta André avec conviction.

M. de Bussières toisa l'homme d'affaires avec le plus insultant de tous les mépris.

— Je croyais, monsieur Buontalenti, dit-il du bout des lèvres, que vous étiez le conseil du docteur Giacomo Bartoletti.

— Paragraphe neuf, reprit vivement maître Bouniol :

« *Mon ex-domestique, Liberty, etc., etc.* »

L'histoire de la chaîne d'or était réellement si comiquement formulée, que maître Bouniol lui-même ne put garder son sérieux.

Justin Préval pleurait... de rire dans son foulard jaune.

Paul d'Aubray, seul entre tous, restait sérieux et réfléchi.

— Ce pauvre M. André, dit maître Bouniol en se renversant sur sa chaise, était de l'école fantaisiste.

— Et abracadabrante, continua Gustave Hébert.

— Chut! messieurs, fit le notaire en se mordant les lèvres, pour reprendre sa gravité.

— Vous remarquerez que le testateur a eu la précaution de mettre en tête de l'acte les mots sacramentels : « Sain de corps et d'esprit, » fit sentencieusement M. Gustave Hébert.

— Pardon, monsieur, interrompit brusquement Paul d'Aubray en se levant et en se tournant vers lui ; il se peut que ces messieurs s'amusent de vos réflexions, très-spirituelles sans doute, mais aussi très-peu charitables. Mais...

— Mais... dit Gustave d'un ton railleur.

— Mais, continua Paul en pâlissant de colère, elles me déplaisent, à moi, et je vous préviens que, si vous prononcez un seul mot injurieux pour la mémoire de mon parent, je tâcherai de vous mettre en demeure d'écrire un testament qui pourra être tout aussi réjouissant pour d'autres que celui-ci l'est pour vous.

— Brave cœur! murmura André entre ses dents.

— Messieurs! messieurs! s'écria maître Bouniol.

— Un peu de silence, messieurs, je vous en supplie, dit le docteur, nous voici arrivés au codicille le plus intéressant.

« 10° *Je lègue à mon oncle bien-aimé, comte Henri de Bussières, la somme de mille francs.* »

— L'impertinent! grommela le comte, et, se tournant vers le docteur : Je vous prierai, dit-il, puisque vous êtes l'exécuteur testamentaire de mon cher neveu, de vouloir bien faire remettre cette somme au directeur de l'hospice de Bicêtre, en mémoire de mon cher neveu.

— Il sera fait ainsi que vous le souhaitez, monsieur le comte.

« *Plus, le Jugement de Pâris, par Lancret, etc., etc.*, continua le notaire.

— Ah! ceci est un souvenir, dit M. de Bussières en souriant, et j'ai la religion des souvenirs.

« 11° *Je lègue à ma chère tante, comtesse Herminie de Bussières, une somme de cent mille francs et une villa à Auteuil.*

« *Cette villa, dont mon exécuteur testamentaire devra faire l'acquisition dans les six mois de mon décès, sera payée comptant soixante mille francs.* »

— Ah! voilà qui est très-galant, s'écria il signor Buontalenti, tout en brossant, avec sa manche, le fond de son chapeau ; très-galant!

— Monsieur le comte a-t-il encore des instructions particulières à me donner au sujet de cette donation, demanda hypocritement Bartoletti.

— Non, madame de Bussières a la libre disposition de ses biens.

— Alors j'aurai l'honneur de prendre ses ordres.

M. de Bussières se mordit les lèvres.

« 12° *Je laisse à mon cousin et ami Paul d'Aubray, employé au ministère des finances, la somme de deux cent mille francs.* »

Le jeune homme resta immobile et muet, le regard attaché sur la terre avec une fixité douloureuse.

— Peste! murmura Gustave Hébert, bas, à l'oreille de Justin Préval, le cousin Paul est payé pour faire le don Quichotte.

« 13° *Je lègue à mon cousin (paternel), le capitaine Justin Préval, le brave des braves, le soldat d'Austerlitz et de Marengo, un sabre d'honneur qui a appartenu au général Kléber, et un coupon de rente de deux mille quatre cents francs, en trois pour cent, etc., etc.*

— Autant de pris sur l'ennemi, s'écria le capitaine en caressant sa moustache.

« 14° *Un legs de vingt mille francs à M. Arthur de Grandidier.*

— Bast! dit le gentilhomme campagnard avec un gros rire ça me payera la chasse que je viens d'acheter. Drôle de corps, tout de même, que cet André : tant pis! ma foi, mes trois nouveaux chiens se nommeront Charles, Louis et André, en souvenir de lui.

« 15° *Une somme de quarante mille francs à M. Gustave Hébert, statuaire, plus un bloc de marbre de Carrare de six mètres cubes, pour l'exécution de son Prométhée enchaîné.* »

— Il me devait bien cela, ce cher André, dit l'artiste d'un ton dégagé ; je lui ai donné assez de leçons gratis.

M. Gustave Hébert mentait effrontément.

Maître Bouniol acheva, au milieu de l'inattention générale, la lecture des derniers paragraphes. Depuis un moment, André semblait avoir perdu toute conscience de sa position et du rôle qu'il jouait.

Le cynisme de tous ces gens-là bouleversait sa raison ; il se leva enfin, et, s'adressant à ses héritiers :

— Pardonnez-moi, messieurs, leur dit-il, de revenir ici sur une affaire jugée; les tribunaux ont reconnu votre droit : nous nous inclinons devant leur décision... Mais, en dehors de ce droit, il y a une autre question que vous ne devez pas laisser sans solution. En faisant à son ami, le docteur Bartoletti, l'abandon de ses biens, votre parent, M. d'Aubray, le chargeait d'acquitter une dette d'honneur ! les juges ont pu briser l'acte, mais le fait n'en existe pas moins, et la dette doit être sacrée pour la famille, qui ne saurait, honnêtement, accepter le bénéfice du testament qu'après avoir sauvegardé l'honneur du testateur. M. d'Aubray est mort débiteur d'une somme importante ; vous ne laisserez pas flétrir sa mémoire par son créancier.

— Que monsieur Bartoletti, qui était l'ami, le confident de M. d'Aubray, se charge de ce soin... il est assez riche pour cela, dit ironiquement M. de Bussières.

— Hélas, non ! monsieur le comte, dit le docteur, la dette s'élève à cinq cent mille francs.

— Dette de jeu, sans doute ? demanda maître Bouniol.

— Oui, monsieur, dette de jeu, répondit André ; dette que l'on paye avec son sang quand on n'a pas d'argent à donner à son créancier.

— Allons, reprit M. de Bussières, mon cher neveu était complet : joueur et débauché.

— Messieurs ! messieurs ! je vous en supplie, pitié, pour la mémoire de ce pauvre jeune homme ! s'écria André d'une voix émue... M. Bartoletti, qui ne possède que ce que lui a laissé votre parent, fera l'abandon de ses quatre cent mille francs... entendez-vous, pour compléter la somme.

— Monsieur, dit le comte de Bussières au milieu du silence général, il y a de ces plaies auxquelles le fer ou le feu peuvent seuls porter remède. En se suicidant, d'Aubray s'est fait justice et a rendu service aux siens. C'était un de ces esprits malades, un de ces rêveurs inutiles à eux-mêmes comme à la société. Il eût mangé sa fortune avec des parasites et des filles de théâtre et serait tombé, plus tard, dans la plus abjecte dégradation. Ce n'est pas aux honnêtes gens à payer les désordres de ces fléaux de famille.

— Oh ! fit André entre ses dents... nous verrons comment tu mourras, homme juste !

— D'ailleurs, reprit Gustave Hébert, André n'avait plus sa raison depuis longtemps.., et nous aurions été forcés, un jour ou l'autre, de le faire interdire...

— Mais il eût fallu prouver que votre parent était réellement fou, fit observer le docteur.

— Cela n'était pas difficile, reprit Gustave Hébert; ses prodigalités de nabab envers la belle Hermosa, qu'il couvrait de diamants de la tête aux pieds.

— Vous auriez trouvé peut-être plus moral qu'il se fît payer par elle ? dit le docteur avec un sourire méprisant.

— Non pas...

— Tu seras payé le prix que tu vaux, toi, dit encore André à voix basse.

— Et vous, monsieur Justin Préval, avez-vous quelque grief à formuler contre votre cousin? demanda Bartoletti au capitaine.

— Moi !... heu ! pas grand'chose. Ça n'était pas un mauvais garçon, après tout... Seulement il se laissait mener par le bout du nez par la première coquette venue !

— Je te ferai conduire en laisse comme un caniche, toi, continua André.

M. de Grandidier, qui s'était approché du docteur, lui prit la main, et la secouant vigoureusement :

— Sans rancune, docteur; vous êtes tout de même meilleur que votre réputation, vous.

— Merci !

— Et je suis bien aise, entre nous, que les quatre cent mille francs passent devant le nez de ce faraud de Bussières... Mais c'était tout de même un grigou de parent, que votre ami André qui n'avait pas le sentiment de la famille... un bohémien, quoi !

— Je t'en choisirai une famille, va, continua André en prenant des notes sur son agenda.

— Ah ! j'oubliais, fit le capitaine en se rapprochant de Bartoletti.

— Dites.

— Je ne serais pas fâché de m'entendre avec vous, au sujet du placement de cette rente.

— Je vous écrirai pour vous donner un rendez-vous, capitaine.

Justin Préval tira une carte de son porte-feuille et la lui remit.

MM. de Bussières, Arthur de Grandidier, et Gustave Hébert, qui entouraient maître Bouniol, et causaient à voix basse avec lui dans un des angles du cabinet, prirent enfin congé de lui, et sortirent ensemble.

— Ne m'oubliez pas, n'est-ce pas, docteur? dit encore Justin Préval, en posant crânement sur son oreille droite un chapeau tromblon à bords retroussés.

— Soyez tranquille, capitaine.

— Partons, dit André à son compagnon, mon cœur se soulève de dégoût.

— Regardez, dit à mi-voix Bartoletti en lui montrant Paul d'Aubray qui, debout contre la fenêtre, la tête inclinée sur sa poitrine, semblait comme immobilisé dans une extase douloureuse.

André fit un brusque mouvement pour se rapprocher de lui.

— Prenez garde, dit le docteur en lui serrant le bras.

— Oh ! ne craignez rien. Et il s'approcha doucement de son cousin.

— Monsieur d'Aubray, dit-il en reprenant son accent italien.

Paul tressaillit et se retourna.

Deux larmes brillantes étaient enchâssées dans ses longs cils noirs.

— Que me voulez-vous, monsieur?

— Nous voulions vous remercier d'avoir pris si noblement et si généreusement la défense de M. André d'Aubray, et nous mettre entièrement à votre disposition pour l'exécution immédiate de ses volontés dernières.

— Merci, messieurs, dit simplement le jeune homme : je n'ai fait là que mon devoir; quant à l'offre que vous me faites, je vous avouerai que j'étais resté le dernier pour réclamer de vous un service, une faveur.

— Ah ! dit André un peu désillusionné.

— Parlez, monsieur, reprit le docteur.

— Je voudrais connaître tous les détails de la mort de mon pauvre cousin, et causer longuement de lui avec le dernier ami auquel il a serré la main. Sur mon honneur! docteur Bartoletti, sur la mémoire d'André, je vous jure que je suis resté entièrement étranger aux intrigues et aux tristes luttes qui ont eu lieu au sujet de ces deux testaments. André ne me devait rien; je n'avais rien à attendre de lui. Maintenant, si vous êtes toujours, comme je l'espère, résolu à acquitter sa dette, gardez les deux cent mille francs qu'il me lègue, et payez; c'est le meilleur emploi que je puisse faire de cet argent. Je sais ce que c'est qu'une dette d'honneur, moi.

— Vous êtes un noble et brave jeune homme, s'écria Bartoletti en lui tendant la main; et vous méritiez d'être riche. A partir de ce jour, je suis votre ami comme j'étais celui de votre cousin André.

— Alors, à bientôt, dit Paul avec un sourire triste et doux.

— A bientôt!... Giacomo Bartoletti, hôtel du Louvre.

. . . .

— Eh bien! fit le docteur, quand André et lui furent montés dans le coupé qui les attendait à la porte, eh bien! que dites-vous du conseil de famille?

— Je dis que, quand je devrais vendre mon âme au diable, je trouverai le moyen de payer à tous ces drôles-là l'heure de pilori qu'ils viennent de m'infliger.

— Je trouve, moi, qu'ils ont été très-modérés : je comptais sur une séance plus orageuse.

— Une heure après, les deux amis descendaient à la station de Rueil, traversaient la Seine dans le bateau d'un passeur, et regagnaient, par l'île de Croissy et l'écluse, la petite maison d'André.

Cette maison, perdue comme un nid au milieu des saules et des haies d'aubépine, avait une façade sur la rive gauche, vis-à-vis de la machine de Marly, et une seconde sortie sur le chemin de halage de la rive droite.

Une véritable officine de conspirateurs.

André commença par se dépouiller de son travestissement, pour revêtir un léger costume de campagne.

— Déjeunons, fit-il en prenant le docteur par le bras, et en le faisant passer dans la salle à manger, où le couvert était mis.

— Allons! se dit Bartoletti en exhalant un soupir de regret... il est bien mort pour ce monde.

André remarqua bientôt la préoccupation inquiète de son ami.

— Docteur, dit-il en remplissant les verres de champagne, je vous croyais plus de philosophie; vous voilà sombre et découragé parce qu'il a plu à MM. Henri de Bussières, Gustave Hébert et autres, de chanter leur *requiem* sur un air d'opéra-comique. Bast! laissez-moi trouver le défaut de l'armure, et vous verrez une étrange comédie; je ne crois pas aux hommes forts, quand bien même le cœur est de pierre.

Bartoletti releva vivement la tête et regarda son ami.

André était calme et souriant.

— Et comment les ferez-vous payer? demanda le docteur.

— « Donnez-moi un point d'appui et je soulèverai le monde, » a dit Archimède. J'ai le levier, reste à trouver le point d'appui.

XIV.

PERSONNE NE DIT MOT: ADJUGÉ A M. PYCRAFT.

La vente de l'hôtel d'Aubray avait été divisée en deux vacations par le commissaire-priseur.

Le premier jour devait être consacré au mobilier et aux objets d'art;

Le second, aux voitures et aux chevaux.

Or, les enchères publiques allaient s'ouvrir à midi pour la première de ces deux ventes.

A onze heures, les salons d'André étaient envahis par une foule nombreuse de curieux et d'acquéreurs.

Nous ne parlerons que pour mémoire des marchands de meubles et de curiosités, qui tâtaient l'étoffe des portières, retournaient les meubles en tous sens, et jouaient de la loupe sur les tableaux apposés contre les murailles.

La partie véritablement intéressante de cette réunion avait établi son quartier général dans un petit salon-boudoir situé au second étage. Elle se composait des héritiers que nous avons vus chez maître Bouniol, c'est-à-dire du comte Henri de Bussières, de M. de Grandidier, de Justin Préval et du sculpteur Gustave Hébert. Le docteur Bartoletti, assis à l'écart, dans un des angles du boudoir, causait à voix basse avec un personnage pâle et roux, et portant sur la tête un de ces petits chapeaux irlandais en feutre marron. Ce personnage, qui avait nom John Pycraft, était un marchand de bric-à-brac, un *chineur* britannique de passage à Paris. Or, nous préviendrons immédiatement le lecteur que ce négociant était le même personnage que nous avons vu déjà dans le cabinet de maître Julien, sous le pseudonyme de Buontalenti: André d'Aubray.

La partie féminine de ce cénacle nous est encore inconnue.

C'étaient: la vicomtesse Bérangère de Maubeuge, mesdemoiselles Claire Béjot, Lydie Michallon et Louisa *la Rousse.*

Une grande dame, une actrice des Folies-Dramatiques, une prêteuse sur gage, et un modèle d'atelier.

Bérangère de Maubeuge, étendue sur une causeuse, dialoguait à voix basse avec le comte Henri de Bussières, assis à ses côtés.

Claire Béjot, debout dans l'embrasure d'une croisée, riait et batifolait avec M. de Grandidier, avec lequel elle avait eu l'honneur de souper cinq ou six fois.

Lydie Michallon lorgnait deux pastels de Boucher, *le Lever* et *le Coucher*, deux *pendants* aussi gracieux que déshabillés, se promettant de les pousser jusqu'à cinq cents francs, pour les revendre mille au vieux marquis Annibal Ventura, un Adonis de soixante-quinze ans, très-amateur de ces sortes de choses.

Quant à la belle rousse, elle n'avait fait qu'une apparition de quelques minutes dans le boudoir, et était redescendue presque aussitôt dans l'atelier d'André, alors encombré par les marchands.

Louisa eût pu servir de modèle pour une statue de l'Abondance: une taille longue, souple et droite, des épaules et des hanches largement développées.

Des bras et des jambes faits au tour; une peau blanche, transparente et veinée.

De grands yeux d'un bleu sombre, pleins de feu et de désirs. Un nez légèrement retroussé. De petites dents blanches, fines et serrées, enchâssées dans des lèvres rouges comme des grains de sorbier, et enfin une somptueuse chevelure d'un roux ardent.

Elle était Lorraine, du village de Salonne, et avait vingt-deux ans. Sa toilette, qui mettait encore en relief sa beauté commune, mais singulièrement provocante, se composait d'une robe de mousseline à pois violets, d'un petit bonnet de dentelles à la Charlotte Corday, orné de longues brides de taffetas bleu, et d'un châle en crêpe de Chine.

Lorsqu'elle entra dans le boudoir, le visage de parchemin du comte Henri de Bussières se colora subitement, et ses regards s'attachèrent sur elle avec une étrange persistance.

Louisa s'approcha d'une petite table de Boule, qu'elle examina dans tous ses détails, puis elle alla ensuite à la cheminée, et passa la main sur deux magnifiques lampes, montées en vieux Chine.

Le comte ne perdait pas un seul de ses mouvements.

— Étrange! murmura André en se parlant à lui-même.

— Quoi? demanda Bartoletti.

— Rien.

— Est-ce que vous connaissez cette belle fille-là?

— Oui, dit André absorbé dans ses réflexions, elle posait souvent dans mon atelier. — C'est le modèle de ma *Phryné.*

— Bah! fit Bartoletti; que diable vient-elle faire ici?

— Elle y vient acheter ou vendre.

Le marteau du commissaire-priseur résonna en ce moment dans la salle de vente.

— Séparons-nous, dit André, je ne vous connais plus maintenant.

Comme dans toutes les ventes aux enchères, le commissaire-priseur commença par *allumer* son public par une adjudication à bas prix d'objets sans importance.

Les héritiers d'André occupaient la place d'honneur, sur la première banquette placée devant la table où l'*aboyeur* posait l'objet mis aux enchères.

Les femmes étaient assises au second rang.

Les marchands, les amateurs et les curieux formaient l'arrière-garde.

André s'était hissé sur une table, et crayonnait sur son grand portefeuille de cuir.

Il n'avait pas encore mis une seule enchère, lorsque le commissaire-priseur annonça le mobilier du petit boudoir au prix de deux mille francs.

— Deux mille cent, dit M. de Bussières, qui voulait faire une surprise à la comtesse.

— Je mettrai deux mille trois cents francs, s'écria André avec un accent anglais des plus prononcés.

Tout le monde se retourna vers cet *Englishman* qui grimpait si hardiment l'échelle des enchères.

— Deux mille trois cents francs, répéta le commissaire-priseur. Allons, messieurs, cela doit aller plus haut: douze pièces en bois doré, recouvertes en soie bleu tendre.

— Trois mille! fit bravement le comte.

— Trois mille cinq cents! cria aussitôt André.

— Trois mille cinq cents! exclama le commissaire; personne ne dit mot... trois mille cinq cents!... Adjugé à M. John Pycraft.

Un petit sourire pincé contracta les lèvres de M. de Bussières, qui se pencha vers son voisin et lui demanda, à voix basse, s'il connaissait ce M. John Pycraft.

Le voisin répondit négativement.

Les enchères suivantes furent poussées par les marchands.

André ne souffla mot, à leur grand étonnement.

L'*aboyeur* annonça la vente des objets d'art et des meubles de l'atelier.

Il y avait, dans ce lot, bon nombre de statuettes de marbre *mises au point* (1), et de modèles de terre glaise prêts à être coulés en bronze.

Or, M. Gustave Hébert, très-peu scrupuleux en matière d'art, s'était promis d'acquérir ces modèles, de les terminer et de *les signer.*

Il y avait encore là un *outillage* admirable, qu'il comptait bien se faire adjuger pour quelques écus.

André, qui avait deviné tous ces calculs, lui laissa acheter une statuette de *Phrynée*, en marbre et inachevée, statuette dont il avait emporté le modèle à Naples.

C'était un épouvantable traquenard qu'il lui tendait là; traquenard qui devait tout simplement vouer un jour le jeune et beau Phidias au ridicule et au mépris de ses confrères.

M. Gustave Hébert était radieux: la *Phrynée* venait de lui être adjugée pour vingt louis (le prix du marbre); il était certain d'en

(1) Ébauchées.

tirer un jour cinq ou six mille francs. Son triomphe ne dura guère.

Comme l'aboyeur posait un second modèle sur la table, André, s'adressant au commissaire-priseur, lui dit vivement :

— Pardon, monsieur, vôlez-vô vendre à môa toutt le atelier de master d'Aubray? je donnai à vô quinze mille francs.

Le commissaire-priseur tressaута sur son fauteuil et regarda André par-dessus ses lunettes d'or.

L'atelier valait, au plus, huit mille francs; l'offre de John Pycraft lui semblait prodigieuse.

— Mais c'est impossible! s'écria Gustave Hébert en se levant et en gesticulant comme un agent de change *devant la corbeille*; c'est impossible, les règlements s'y opposent!

— Permettez, monsieur, dit le commissaire-priseur en se penchant sur son bureau.

— Non, non, s'écrièrent en chœur les marchands.

— Un peu de silence, messieurs! s'écria l'aboyeur en frappant sur la table.

— Messieurs, dit le commissaire-priseur à haute voix, l'offre de M. John Pycraft est légale; une seule personne ici aurait le droit de la repousser : l'exécuteur testamentaire du défunt. Docteur Bartoletti?

Le docteur sortit de la foule.

— Vous avez entendu l'offre de M. John Pycraft, consentez-vous à une vente générale des objets d'art, tentures, meubles meublants et autres de l'atelier de M. André d'Aubray, sur l'offre de quinze mille francs?

— Oui, dit le docteur.

La foule grogna sourdement et M. Gustave Hébert se mit à gesticuler et à réclamer avec une énergie désespérée.

— Silence! cria de nouveau l'aboyeur avec accompagnement de marteau.

— Messieurs, reprit le commissaire-priseur avec recueillement, nous avons acquéreur à quinze mille francs pour l'atelier de M. d'Aubray. Les enchères sont ouvertes.

Personne n'osa risquer cinq francs sur la mise à prix.

— Comment, messieurs, personne ne parle, cria l'aboyeur?

— Quinze mille francs! — et le commissaire tenta quelques agaceries du côté de M. Gustave Hébert. — Quinze mille francs! Il y a des marbres qui, à eux seuls, valent presque cette somme : les œuvres d'un artiste mort triplent de valeur, vous le savez. Quinze mille francs! Personne ne dit mot? Une fois, deux fois, trois fois. Adjugé à M. John Pycraft!

Et le marteau d'ivoire du commissaire-priseur tomba sur la table avec un bruit sec qui fit tressaillir M. Gustave Hébert.

Ce coup de marteau démolissait tout un échafaudage laborieusement édifié.

La vente, un moment interrompue, reprit avec une grande animation.

André continua à suivre le programme qu'il s'était imposé, c'est-à-dire à mettre des enchères fabuleuses sur tous les objets *poussés* par ses héritiers; il souffla ainsi successivement :

Un mobilier de salle à manger à M. de Grandidier.

Un fusil de chasse à Justin Préval;

Un petit bureau de bois de rose à M. de Bussières.

L'aboyeur exposa enfin la table de Boule et les lampes de vieux Chine qui avaient attiré l'attention de la belle Rousse dans le boudoir.

Au grand étonnement d'André, Louisa ne mit pas une seule enchère sur ces objets.

Le comte Henri de Bussières, qui les disputait avec acharnement à un des marchands présents, allait se les voir adjuger, lorsque John Pycraft se mit de la partie.

Mais, cette fois, André trouva une résistance singulière de la part du comte.

Les enchères pétillaient comme des coups de revolver.

André remarqua que, chaque fois qu'il venait de parler, Louisa toussait légèrement; un esprit moins observateur n'eût attaché aucune importance à ce rhume persistant et réglé comme un balancier de pendule. André fit tout un monde de découvertes, et s'avoua vaincu sur une dernière enchère de cent francs, lancée par le comte.

La table et les deux lampes furent adjugées à M. Henri de Bussières.

La toux de la belle Rousse se calma subitement.

Quand la vente fut terminée, André tira Bartoletti à l'écart.

— Sachez, à tout prix, lui dit-il, où l'on portera la table et les lampes achetées par M. de Bussières.

— Très bien, dit Bartoletti en gagnant aussitôt, par une porte dérobée, la salle où l'on déposait les objets vendus.

Cinq minutes après, il vint retrouver André qui l'attendait dans l'antichambre.

— Eh bien?

— Eh bien, la table et les lampes sont parties déjà.

— C'est impossible.

— Le comte a fait payer par un commissionnaire, qui a enlevé les dits objets.

— Il faut retrouver ce commissionnaire.

— Autant chercher une aiguille dans une botte de foin.

— J'ai trouvé le moyen! s'écria André. Vous allez suivre cette fille.

— Quelle fille?

— La belle Rousse, qui était près de vous pendant la vente.

— Bien, répliqua Bartoletti avec la résignation automatique d'un soldat suisse qui reçoit une consigne de son sergent.

John Pycraft se rendit alors auprès du commissaire-priseur et le paya en belles guinées neuves.

Le même soir, une grande voiture de déménagements transporta dans un petit hôtel de la rue de Boulogne tous les objets achetés par le faux Anglais.

Le docteur s'était acquitté en conscience de sa mission.

Voici ce qu'André apprit de lui :

La belle Rousse était partie seule.

Arrivée au rond-point des Champs-Élysées, elle avait été accostée par un grand garçon blond, sorte d'ouvrier endimanché qui lui avait pris le bras.

Le couple avait traversé le pont Royal, la rue du Bac et la rue de Grenelle-Saint-Germain, pour monter dans une maison de la rue du Sabot.

— Parfait! s'écria André en lui serrant les mains. A présent, je sais où établir ma souricière.

XV.

BARON THÉOBALD DE WIKEMBERG.

André avait pris possession de l'hôtel que les peintres et les tapissiers venaient de décorer pour le noble baron de Wikemberg et son ami Bartoletti.

Le docteur partageait son temps entre l'étude et les plaisirs, et ne songeait pas plus à retourner à Naples qu'à aller se pendre; ou plutôt cette idée de pendaison lui venait à l'esprit chaque fois qu'il songeait à Naples.

Quant à André, il menait l'existence la plus étrange et la plus fantasque : tantôt, enfermé dans son cabinet de travail où il passait des journées à combiner des idées et des moyens, et à créer tout un répertoire d'inductions et de déductions; tantôt courant les grands chemins en battant, la nuit, le pavé de Paris, comme un policier en chasse.

Or un soir, que le docteur, fort intrigué de toutes ses manœuvres, lui en demandait l'explication, il ouvrit un petit coffret de fer et en tira un manuscrit.

— Qu'est-ce que c'est que ça? un drame en cinq actes?

— Non, fit André en lui avançant un fauteuil; un petit recueil de contes fantastiques que le diable m'a soufflés, et que j'ai écrits sous sa dictée.

Ce travail préparatoire vous donnera la clef de l'existence mystérieuse que je mène depuis deux mois. En un mot, mon cher Bartoletti, c'est le dossier de mes très-chers héritiers.

— Bravi, bravo, brava! s'écria Bartoletti radieux : vous allez pousser enfin votre cri de guerre.

— Et vous serez de la partie.

— Ohimè! je ne suis pas mauvais, mais je danserai une tarentelle napolitaine le jour où vous écrirez le mot *payé*, en marge du livre de crédit que vous avez ouvert à votre gracieuse famille.

André ouvrit son manuscrit et commença sa lecture.

Mahomet se plaignait à l'ange Raphaël
Que l'on vint chaque nuit, dans son jardin de roses,
Lui voler les mi-écloses
Des plus belles fleurs du ciel.

Raphaël répondit : « Seigneur, c'est, il faut croire,
Quelque malin esprit, tombé je ne sais d'où :
Mais à ce maraudeur, je vais, à la nuit noire,
Aux murs du Paradis, dresser un piége à loup. »

Avec un grand soleil placé sur deux étoiles,
L'ange fit une trappe et mit l'abîme au fond ;
La nuit, sur ce coin-là, laissa de ses longs voiles
Flotter un double pli plus sombre et plus profond.

Alors, alors on vit, quand tout fut en silence,
Quand le portier du ciel eut tiré le verrou,
S'abattre tout à coup un être, un spectre immense :
C'était le maraudeur promis au piége à loup.

Comme la souris-chauve, aile froide et muette,
Il volait, il volait sans éveiller le bruit;
Et sa sombre envergure, énorme silhouette,
Semblait une ombre noire aux ombres de la nuit.

Il vint tout d'une haleine aux murs où dort la rose,
Jusqu'à l'angle où béait le gouffre sans pareil;
Mais lui, d'un pied moqueur, d'un pied qu'à peine il pose,
Il fit dans l'infini rouler le grand soleil.

Puis il rit... Dans sa chute à travers les abîmes,
L'astre aux astres heurté, frappait de toutes parts ;
Les constellations bondissaient sur les cimes ;
Les comètes tombaient du ciel, cheveux épars.

C'était un bruit plus grand que n'en font cent tonnerres,
Un fracas sans exemple au fond du firmament,
Que ces axes rompus, que ces grands chocs de sphères,
Ces pôles écrasés par ce frondeur géant.

Mais il rit... et le bruit gigantesque du rire,
Qui semblait le clairon du suprême réveil,
Dans ce mugissement, seul plus haut sembla bruire
Que le monde effondré sous le poids d'un soleil.

Il rit... et Mahomet en releva la tête,
Et l'ange Raphaël prit son glaive de feu;
Et tous deux vinrent voir quelle était cette bête
Qui venait blasphémer si près du Seigneur Dieu.

Mais tous deux à la fois, à la lueur du glaive,
Ainsi que deux guerriers au combat s'arrêtant,
Firent un pas devant ce front noir qui se lève,
En murmurant tout bas le même nom : Satan !

« Que viens-tu faire ici? dit l'homme de Médine —
Ce qui me plaît ! reprit le proscrit de l'Éden;
Ta colère, malgré ton Allah, j'imagine,
Ne s'élèvera pas si haut que mon dédain. —

A genoux ! à genoux ! devant l'Esprit suprême,
S'écria Raphaël. Bas, blasphémateur maudit! —
Je n'ai jamais plié que devant un front blême,
Un front crucifié !... front qui... » Satan pâlit.

Il abaissa son œil trop faible à la pensée
De ce Nazaréen qu'il avait souffleté...
Il ne put achever la phrase commencée :
Il ne put blasphémer le Dieu de vérité.

Mais bientôt : « Saint des saints, fit-il avec ce rire
Qui venait d'imposer silence au firmament;
Si tu veux m'empêcher d'entrer dans ton empire,
Cherche ton cimeterre et ton vieux coursier blanc.

Chamelier de l'Yémen qui s'érige en apôtre !
Va, impose ton nom à l'animal humain;
Appelle à toi ton Dieu ! moi, je n'en crains qu'un autre;
Et pourtant j'ai levé mon bras contre sa main. »

Puis, d'un vol prompt et fort, sur le jardin des roses,
Où du ciel musulman frémissaient les houris,
L'audacieux Satan en cueillit cinq mi-closes,
Et s'enfuit emportant ces radieux débris.

En vain le vieux Prophète, un peu pesant par l'âge,
Tenant dans ses deux mains le glaive et l'Alcoran,
Accourut tout armé pour venger cet outrage :
Son sabre trop rouillé n'atteignit que le vent.

En vain il appela sous les voûtes célestes
Omar le destructeur, Soliman l'invaincu,
Abbas le noir, Ali, des croyants tous les restes;
Nul ne put ressaisir Satan, l'ange déchu.

Avant qu'on le suivît dans sa route tracée,
Il quitta l'Orient, leur empire vermeil,
Et disparut, moqueur, dans la sphère glacée,
Où leur Dieu n'est plus roi, non plus que leur soleil.

Il volait, il volait vers ce pôle du monde
Où de l'esprit humain toujours tourne l'aimant;
Et, quoique l'univers fût dans la nuit profonde,
Ce lieu jetait aux vents un reflet flamboyant,

Car le soleil lassé vainement franchit l'arche
Dont l'ombre étend sur l'homme et ténèbre et sommeil.
Paris ne dort jamais ! de la pensée en marche,
Paris sur l'horizon reste, éternel soleil !

Cirque de la pensée, où l'avenir bouillonne !
Satan vint dans son vol se poser sur un mont,
Et regarda longtemps, ainsi que de son trône,
Quand les chrétiens mouraient, dut regarder Néron.

Puis, quand il eut choisi le détail et la place,
Il s'élança d'un bond son bouquet à la main ;
Et tour à tour sa main, qui semait dans l'espace,
Laissa tomber d'en haut cinq fleurs sur son chemin.

Et tour à tour, alors, un sillon de lumière,
Sillon pâle et sanglant qui semblait s'embraser,
Accompagna leur chute et marqua leur carrière;
Car, à toutes, sa lèvre avait mis un baiser.

Et sur les cinq berceaux où vint la fleur éclose,
Une âme double entra dans la création;
Parfum volé d'Allah ! soufflé en feu du démon,
Femme et fleur à la fois, à la fois diable et rose.

. . . .

PREMIÈRE ROSE. — DJEBBY.

La première rose que Satan prit dans son bouquet volé lorsqu'il arriva à Paris, fut une charmante petite rose blanche, dont le calice, arrondi comme une coupe, renfermait trois gouttes de rosée qui brillaient aux rayons de la lune comme trois diamants.

— Tu te nommais Djebby au paradis, dit Satan à la fleur, tu seras grande dame à Paris ; au revoir, vicomtesse Bérangère de Maubeuge !

Et il posa ses lèvres sur la fleur ; les trois gouttes de rosée crépitèrent, et s'évaporèrent aussitôt comme au contact d'un fer rouge.

Satan lâcha la rose, qui alla tomber sur un hôtel du faubourg Saint-Germain. . . . .

. . . .

La vicomtesse Bérangère de Maubeuge avait vingt-huit ans, des yeux bleu de saphir, de longs cheveux blonds, soyeux, brillants et bouclés, comme ceux d'un *baby* ; des épaules larges, arrondies et tombantes ; — deux de ses bracelets, attachés bout à bout, eussent pu lui servir de ceinture ; — un peu petite peut-être, mais si miraculeusement élégante dans tout son être, qu'on eût dit une statuette de Nicolas Couston animée par quelque moderne Pygmalion.

Elle était veuve depuis deux ans.

Le vicomte de Maubeuge s'était tué par accident, en lui laissant cent mille livres de rente.

Bérangère, qui avait beaucoup d'esprit et fort peu de cœur, se consola très-vite de la perte de son mari, un original qui dépensait près des trois quarts de ses revenus en orchidées. Possédée du démon de la coquetterie, elle pouvait enfin satisfaire une passion opprimée trop longtemps par les lentisques d'Espagne et les tulipes de Hollande, et devenir la reine de la mode.

Sage par fierté et par mépris de l'espèce humaine, Mme de Maubeuge n'a pas d'amants ; mais elle possède toute une cour d'adorateurs, esclaves de ses caprices. — Sirène, d'autant plus dangereuse qu'elle cache sous la grâce naïve et l'enjouement d'une pensionnaire, un cœur de glace, un égoïsme félin.

Elle est l'intime amie de la comtesse Herminie de Bussières.

DEUXIÈME ROSE. — KAUJEBB.

La deuxième rose se nommait Kaujebb, dans le jardin de Mahomet.

Sa corolle, d'un nacarat velouté, était d'une force et d'une vitalité singulières.

Kaujebb avait quelque chose de mâle et de fier dans sa beauté.

Elle était venue au jardin de Mahomet comme viennent dans nos champs ces belles orphelines de l'Italie ou de l'Allemagne,

Claire Béjot représentait depuis dix ans les fées et les déesses.

portées sur l'aile de l'ouragan, ou par le bec d'un oiseau.
Kaujebb avait nom Hermosa, sur notre planète.

TROISIÈME ROSE. — LISBAH.

Satan, qui continuait à semer le mal, prit la troisième fleur, qui se nommait Lisbah.

Lisbah était d'un rose criard, comme ces fleurs de mousseline que l'on plante sur les gâteaux de Savoie, à côté d'un petit amour cagneux, en sucre.

Lorsque Satan la porta à ses lèvres, il fit une grimace et éternua: Lisbah sentait la pommade.

En tombant des nues, comme une fusée mal brûlée, Lisbah fit sa trouée dans une loge d'actrice, la loge de Mlle Claire Bejot.

Claire Bejot, plus connue au boulevard du Temple sous le pseudonyme galant de *l'Étoile du Berger*, représentait, depuis dix ans, les fées et les déesses, dans les féeries de MM. Clairville et Compagnie.

Au dire de ses camarades, elle *frisait* la quarantaine, mais elle était réellement superbe, comme plastique.

Aussi lourdement bête, et aussi mauvaise actrice qu'elle était belle, Claire Bejot avait de plus l'inconvénient de parler du nez, ce qui manquait complétement de noblesse dans les rôles essentiellement *nobles* de son emploi.

Mais les directeurs ne spéculaient pas sur la diction de ce sujet; ce qu'ils voulaient, c'était l'exhibition la plus décolletée de ses charmes.

Elle n'avait pas d'engagement fixe, et allait en représentation tantôt à la Porte-Saint-Martin, tantôt à l'Ambigu, ou au Châtelet.

Santé d'athlète, appétit de dragon

Claire a quatre enfants, tous bien portants et *grouillants*, comme dit Rabelais.

QUATRIÈME ROSE. — MÉGATHOR.

Mégathor, rose panachée de rouge et de blanc, était flétrie et décolorée, comme ces vieilles robes de bal accrochées à l'étalage des marchandes à la toilette.

Mégathor n'avait pas plus de parfum qu'un pavot, et lorsque Satan l'approcha de ses lèvres, deux ou trois de ses pétales tombèrent et s'envolèrent en tourbillonnant.

— Par mes cornes ! s'écria Satan, que ferai-je de toi, ma pauvre Mégathor? tu n'as que le souffle. Si je te laisse tomber comme tes sœurs, tu t'évaporeras dans l'espace.

Alors Satan, qui planait dans la nuit comme un gigantesque épervier, s'abattit doucement sur le toit d'une vieille maison de la place Royale.

Une fenêtre était entr'ouverte au cinquième étage de cette maison; une lampe de travail éclairait une petite chambre à coucher, assez pauvrement meublée, mais d'une propreté remarquable.

Satan accrocha l'ongle de son aile gauche dans la gouttière, et se pencha pour regarder.

Une petite femme de quarante ans environ, au teint olivâtre, aux cheveux et aux yeux d'un noir vif, était assise dans une vieille bergère de velours jaune, chiffrait au crayon sur un registre.

Ce comptable femelle avait nom Mlle Lydie Michallon, inscrite au grand-livre pour une rente de deux mille quatre cents francs.

Je prierai instamment M. le baron de dissimuler soigneusement ses étonnements.

Comme Mlle Lydie faisait ses comptes à mi-voix, Satan prêta tout simplement l'oreille comme un simple mortel.

— Cent à six pour cent, plus mon droit de commission de huit et demi pour cent, me donnent quatorze francs cinquante centimes pour trois mois, soit cinquante-huit francs pour un an. Je prêterai encore deux cents francs à Hortense, en lui renouvelant son premier billet à six mois, ce qui me donnera cent quarante-cinq francs, juste la moitié de mon loyer.

— Pas trop mal pour un usurier femelle, grommela Satan.

— Cent soixante-quinze francs de bénéfices touchés hier sur le cachemire d'Esther, que cette brute de Pauline m'a acheté six cents francs.

— Très-bien! très-bien! fit Satan qui jubilait.

— Quatre francs treize centimes de *boni* au Mont-de-Piété pour les boucles d'oreilles de Séraphine; je lui avais prêté trente francs dessus; *ma tante* m'en a donné trente-cinq, plus un *boni* de quatre francs treize centimes, ce qui m'a fait juste neuf francs treize de bénéfice.

Satan se frottait les griffes,

Lydie Michallon glissa son *grand-livre* sur la table, prit une pose penchée et se mit à rêver.

— Ah! fit-elle avec un grand soupir, si j'avais seulement deux mille francs de rente de plus, je pourrais tripler mes bénéfices.

— Pauvre chatte! dit Satan avec intérêt.

— Oui, continua Lydie Michallon en se touchant le front, je sens que j'ai là le génie des affaires.

— Parbleu! oui, dit Satan, et ce serait vraiment dommage de ne pas t'encourager.

Il étendit alors sa main droite vers la vieille fille.

Lydie Michallon laissa tomber sa tête sur le dossier de son fauteuil, et ses yeux se fermèrent doucement comme sous l'empire d'un sommeil magnétique.

Satan entra à pas de loup, et déposa sa rose sur la tête de sa protégée.

La fleur se fondit aussitôt comme une boule de neige devant un brasier, et de petites gouttes d'or, imperceptibles à l'œil humain, filtrèrent dans l'âme de Lydie Michallon.

Le diable sauta alors d'un bond sur l'appui de la croisée ouvrit ses grandes ailes veluos et partit comme une flèche.

— Hé! hé! hé! fit-il en volant à tire d'aile, quelle jolie petite usurière ça fera, quand elle aura trouvé sa commandite.

CINQUIÈME ROSE. — TOPAZE.

Cependant, le jour commençait à poindre.

De grandes nappes de nuages violacés et de larges rubans d'un jaune pâle se montraient au levant, formant des plages de sable, des chaînes de montagnes et des flots roulés dans l'immensité.

— Corne de feu! jura Satan en piquant vigoureusement vers le zénith, je vais avoir l'air d'un cerf-volant tout à l'heure. Le jour m'a surpris.

Et il monta en droite ligne à cinquante lieues au-dessus de Paris.

Comme il était fatigué, il attrapa au vol un petit nuage, dont il se fit un oreiller, et se coucha les jambes en l'air.

Machinalement, il porta à son nez crochu la cinquième et dernière rose cueillie dans les plates-bandes du Prophète. Satan roula aussitôt des yeux ronds comme des billes, et ses narines se dilatèrent en faisant entendre un petit son canard, comme un accord de mirliton.

Topaze avait un indéfinissable parfum de violette et de bête fauve.

Topaze, d'un beau jaune chamois, était aussi fraîche et aussi ferme que lorsqu'elle se balançait sur sa tige.

— Mille scarabées sacrés! s'écria Satan en la tournant dans tous les sens; tu peux te vanter d'être solidement constituée, ma belle; seule entre toutes tes sœurs, tu as résisté à l'étreinte brûlante du prince des ténèbres. Tes pétales sont aussi purs et aussi humides que s'ils venaient de boire la rosée du ciel. Étrange! étrange! murmura-t-il, absorbé dans ses réflexions. Topaze, ma mie, dans quelle âme pourriez-vous bien vous plaire?

Et il jouait coquettement avec la fleur, comme une Espagnole joue avec son éventail; et il aspirait avec bonheur le parfum qui s'échappait de son calice, et il la promenait amoureusement sur ses lèvres.

Tout à coup le nuage qui lui servait d'oreiller creva en ondée; le diable retomba lourdement sur le dos, et Topaze, s'échappant de sa griffe, fila entre les nuages comme un aérolithe.

Satan se coucha sur le ventre pour la regarder descendre, lui envoyant mille baisers de la griffe droite.

Topaze tomba sur la fenêtre de l'atelier du sculpteur André d'Aubray.

— Tiens, il pleut des roses dit Mlle Louisa qui posait alors pour la *Phrynée.*

André ramassa la fleur et la lui offrit.

— Une rousse comme moi, fit-elle en piquant la rose dans sa chevelure fauve.

XV.

M. Saint-Albane.

— Eh bien! fit André en déposant son manuscrit, avez-vous compris, docteur?

— Pas trop, pas trop fit ce dernier tout en savourant une prise.

— Eh bien! reprit le jeune homme, c'est le point d'appui d'Archimède. Il me fallait des pantins pour jouer ma comédie, et ma troupe est aujourd'hui au complet; vous la verrez bientôt se trémousser sur la scène.

— Enfin je vous retrouve, s'écria Bartoletti radieux.

— Doutiez-vous donc de moi.

— Non mais entre vouloir et pouvoir...

— Hélas! fit André avec un soupir de regret, la tâche du mal est aisée. Mon cœur et mon esprit ont été impuissants à distraire mon pauvre cousin Paul de ce chagrin secret qui le ronge, à gagner sa confiance; — je pourrai me venger des ingrats et des méchants; et il ne me sera pas permis de faire un heureux!

— Le cousin Paul m'a tout l'air d'un amoureux éconduit... mais *per Dio* votre manuscrit m'a mis en goût de deviner les charades. il faudra bien qu'il s'explique, et s'il n'a pas eu le malheur de tomber sur une *Hermosa*, nous tâcherons de le guérir.

— Bonne chance! ami. Paul vous estime et vous aime. Il ne faut pas désespérer. Souvenez-vous que, s'il y a au fond de ce mystère une question d'argent, je ne marchanderai pas avec le bonheur de ce brave enfant. Moi, je vais chercher un habile régisseur pour la mise en scène de ma comédie; nous sommes trop connus pour remplir cet emploi, et j'aurai d'ailleurs assez à faire de tirer les ficelles de mes pantins.

Le diable, qui lui voulait du bien, lui tenait en réserve cet habile homme.

Un soir qu'André s'habillait pour aller au spectacle, la cuisinière vint lui annoncer qu'un monsieur, qui ne voulait pas dire son nom, insistait pour l'entretenir d'une affaire des plus graves et ne souffrant aucun retard.

André éprouva tout d'abord une certaine inquiétude au sujet de cette mystérieuse visite; mais sa nature audacieuse et impatiente ne lui laissa pas le temps d'en calculer les dangers.

Il donna donc l'ordre d'introduire le personnage en question dans son cabinet.

C'était un petit homme grisonnant et replet, à la physionomie souriante, mobile et futée.

Il pouvait avoir quarante-cinq ans.

Vêtu d'un pantalon gris de fer, d'un gilet noir et d'un paletot bleu boutonné sur la poitrine, il était complétement rasé.

Un gros jonc, à pomme de corne, était suspendu à son poignet droit par une dragonne de cuir.

Ce personnage avait toutes les allures d'un commis aux douanes en retraite.

— Je suis le baron de Wikemberg, dit André en allant au-devant de lui, que désirez-vous de moi, monsieur?

L'homme regarda autour de lui avec une défiance calme et méthodique.

— Monsieur le baron, fit-il à voix presque basse, je vous suis adressé par M. le préfet de police.

— Ah! dit André en dissimulant, par un signe de tête qui pouvait ressembler à un salut, l'impression désagréable que lui causait cette déclaration.

— Monsieur le baron, continua l'homme, permettez-moi d'abord de vous rassurer en quelques mots sur un danger.

— Me rassurer? interrompit André en souriant, mais je vous déclare que je suis on ne peut plus tranquille.

— Sur les événements qui doivent se passer chez vous cette nuit?

— Quels événements?

— Monsieur le baron, reprit l'employé de M. le préfet de police, vous devez être assassiné.

— Moi! s'écria André en reculant d'un pas.

— Oui, monsieur le baron; vous devez être assassiné et dévalisé cette nuit par votre valet de chambre, qui n'est autre que le nommé Fargeot, forçat évadé de Toulon; il s'est associé pour faire le coup à un certain Auguste Follet, une vieille connaissance à nous.

— Mais, s'écria André, comment savez-vous?

— Auguste Follet a été arrêté il y a une heure dans un cabaret de la route de Saint-Ouen; et Fargeot, qui l'attend en ce moment sur le chemin de ronde des Batignolles, est surveillé par mes agents, qui espèrent s'emparer d'un troisième complice dont nous soupçonnons l'existence.

— Diable! je ne regrette plus mon spectacle maintenant : vous venez de me donner toutes les émotions du drame le plus noir. Je crains seulement que vous n'ayez un peu exagéré les caractères pour produire plus d'effet.

Un rire muet et narquois éclaira pendant un instant le visage du policier.

— Les détails intéresseront encore bien davantage M. le baron.

— Tant mieux!

— La chambre à coucher de monsieur le baron est là, n'est-ce pas? continua l'agent en désignant une des portes du cabinet.

André fit un signe affirmatif.

— Monsieur le baron a dans le tiroir d'une petite table de bois de rose placée à son chevet un *revolver* à six coups, chargé de balles coniques, et un stylet corse?

— Oui, dit André de plus en plus intrigué.

Le policier prit la lampe placée sur la cheminée.

— Monsieur le baron serait-il curieux d'examiner ces armes?

— Certes, dit André en ouvrant la porte de sa chambre et en passant le premier.

André commença par le revolver, dont il fit basculer le tonnerre. Les six cartouches métalliques avaient été enlevées et remplacées par des bourres de papier gris.

— Passons au stylet corse, dit gravement le policier.

André le tira vivement du fourreau. La lame, cassée à un demi-pouce du manche, tomba sur le tapis.

André était devenu très-sérieux.

— Si je ne craignais pas d'abuser de l'obligeance de monsieur le baron, je le prierais de m'accompagner dans la chambre de son valet de chambre.

— Comment donc, mais je suis tout à vous, mon cher monsieur...

— Saint-Albane.

André et l'agent montèrent par un petit escalier de service, qui communiquait avec la chambre; et s'engagèrent dans un corridor étroit.

— C'est au numéro 4, dit André.

— Pardon, monsieur le baron, le numéro 4 est un cabinet qui sert de débarras; notre homme occupe le numéro 7 au bout du corridor à gauche.

D'Aubray était véritablement stupéfié de l'assurance et surtout des connaissances topographiques de Saint-Albane.

— Mais nous n'avons pas la clef, fit observer André quand ils furent devant la porte de la chambre de son valet de chambre.

— Oh! dit l'agent en posant sa lampe à terre, ce n'est guère la peine de déranger un serrurier pour si peu de chose; et il tira en même temps de sa poche un petit trousseau de rossignols.

M. Saint-Albane crocheta la porte du premier coup et sans le moindre bruit, et fit sauter avec la même délicatesse de poignet la serrure de la malle de M Fargeot; le galérien, puis il tira de la malle malle un tourne-vis, un ciseau à froid, une lime, une boule de cire vierge, un couteau de boucher fraîchement aiguisé et une petite fiole de laudanum de Rousseau.

— Je commencerai par la fin, si monsieur le baron est curieux de connaître la destination de ces différents objets.

— Je vous jure que j'y prends le plus vif intérêt.

— Eh bien! monsieur le baron aurait trouvé ce soir son thé détestable, et après une heure de bâillements, se serait mis au lit, *laudanisé* comme un mandarin.

A une heure du matin, M. Fargeot aurait démonté la serrure de la porte de M. le baron. A une heure un quart, M. Auguste Follet aurait coupé la gorge à M. le baron avec le couteau que voici. De une heure un quart à deux heures. M. Auguste Follet et M. Fargeot auraient fait quelques pesées sur les tiroirs de feu M. le baron, et seraient allés ensuite s'établir pour quelques jours à la campagne, tout près d'une ligne de chemin de fer.

Cette explication donnée, l'agent rejeta tous les objets au fond de la malle et en laissa retomber le couvercle.

Ils regagnèrent le cabinet d'André.

— A présent, reprit l'agent, si M. le baron veut aller au spectacle, qu'il ne se gêne pas pour moi; je ne lui demanderai que la permission d'attendre en bas l'homme qui doit m'apporter des nouvelles de Fargeot.

— Comment donc, mais nous l'attendrons ensemble, répliqua André en avançant un fauteuil à M. Saint-Albane. Fumez-vous, cher monsieur?

— Quelquefois.

D'Aubray posa sur un guéridon une boîte de cigares et une cave à liqueurs.

— Vous prendrez bien avec moi un verre de chartreuse verte?

— Puisque monsieur le baron daigne m'offrir quelque chose, je lui demanderai un petit verre de rhum.

André s'empressa de servir l'hôte providentiel que M. le préfet de police lui envoyait. Il se fit un assez long silence, pendant lequel Saint-Albane continua à fumer avec la gravité méthodique d'un Hollandais, et à déguster de petites gorgées de rhum.

— Vous avez servi, monsieur Saint-Albane? reprit enfin le baron de Wilkemberg.

— Non, monsieur le baron, répliqua le policier avec un sourire des plus affables: J'ai été comédien pendant quinze ans: « Saint-Albane, seconde basse et des pères nobles... »

— Et vous ne faisiez pas fortune au théâtre?

— Dame! monsieur le baron, je gagnais, bon an mal an, mes deux mille cinq cents.

— Et maintenant, que gagnez-vous? Mais, pardon, je m'aperçois que je commets là une énorme indiscrétion.

— Nullement, monsieur le baron. Maintenant, reprit le policier en traînant ses phrases, cela peut monter à trois mille de fixe par année, sans compter les petits *revenants-bons*.

— Qu'est-ce que les revenants-bons?

— Mon Dieu, fit Saint-Albane en baissant les yeux comme une pensionnaire, nos revenants-bons sont les petites opérations que nous faisons secrètement pour le compte des particuliers.

— Mais c'est fort intéressant ce que vous me racontez là, dit d'Aubray en roulant son fauteuil contre celui de l'agent.

— Vous comprenez que. par état, nous savons beaucoup de choses, et ce que nous ne savons pas, nous l'apprenons très-vite. Tout à vos ordres, monsieur le baron, si jamais l'occasion se présentait.

— Monsieur Saint-Albane!...

— Monsieur le baron.

— Je crois que l'occasion ne tardera pas à se présenter.

— Tant mieux, monsieur le baron.

— Monsieur Saint-Albane, continua André en s'animant, j'espère que vos revenants-bons de cette année vous permettront... Pardon, avez-vous jamais formé un souhait quelconque?

— Dame! j'ai comme cela des jours où je songe qu'il me serait doux de me retirer à Romainville.

— A Romainville?

— Dans une petite maison couleur gencive, à une demi-portée de fusil du *Lapin-Vengeur*.

— Que vaut cette maison couleur gencive, monsieur Saint-Albane?

— Huit mille francs, les clefs en main.

André d'Aubray alla rapidement à son secrétaire, prit dans un tiroir cinq billets de mille francs et trois rouleaux d'or, et posa le tout devant l'agent.

— Permettez-moi de vous offrir la maison gencive pour le petit service que vous venez de me rendre ce soir.

Saint-Albane, étourdi par la munificence du baron, tenta de se récrier.

D'Aubray l'arrêta d'un geste.

— Nous meublerons la maison gencive à notre première opération, cher monsieur.

— Il n'est pas question de politique, au moins? dit le policier avec défiance.

— Nullement.

— Ni de vengeance particulière?

— Il s'agit d'amour, dit André avec un sourire charmant.

— Oh! alors, l'affaire est de mon ressort. Comptez...

En ce moment un virtuose aviné passa dans la rue en braillant le premier couplet du *Sire de Framboisy*.

— Monsieur le baron, dit Saint-Albane, j'ai l'honneur de vous annoncer que votre valet de chambre est arrêté avec le troisième associé que nous avons éventé.

— Comment savez-vous cela?

Saint-Albane étendit la main vers la fenêtre et ne prononça que ces six mots:

— *Le sire de Framboisy est passé*... Oh! quand je *travaillerai* pour monsieur le baron, j'aurai l'honneur de lui apprendre quelques *trucs* qui pourront lui être fort utiles.

— J'ai trouvé mon régisseur! s'écria André triomphant.

XVI.

HENRIETTE MALLET.

La fortune léguée par André à la vieille amie de sa mère, Catherine Mallet, n'avait rien changé à l'existence calme et modeste de la veuve et de sa fille, qui continuaient à vivre comme par le passé, en dehors des plaisirs et des joies du monde.

Quelques jours après la réunion des héritiers chez maître Bouniol, Paul d'Aubray se rendit chez Mme Mallet.

La bonne dame alla au-devant de lui avec un empressement affectueux, et serra ses deux mains dans les siennes

Le jeune homme parut chercher du regard une autre personne.

— Henriette est sortie en voiture pour faire quelques emplettes dit Mme Mallet, mais elle ne tardera pas à rentrer.

— La santé de Mlle Henriette ne vous donne plus d'inquiétudes maintenant? demanda Paul avec intérêt.

— Non, mon ami; mais, si je suis complétement rassurée de ce côté, j'ai d'autres sujets de chagrin.

— Ah! je comprends, fit Paul, dont le visage s'altéra subitement, Mlle Henriette persiste dans sa résolution?

La veuve secoua la tête avec découragement.

— Vous savez, mon ami, reprit-elle avec quelle joie j'aurais vu ce mariage: votre affection pour nous, l'estime profonde que j'ai toujours eue pour votre caractère loyal et franc, le désintéressement dont vous avez fait preuve en demandant la main d'Henriette, à une époque où elle ne possédait rien; tout, enfin, devait me faire souhaiter cette union. Henriette, que je laissais complétement maîtresse de ses actions, avait accueilli alors votre demande, comme elle devait le faire, avec reconnaissance. Je croyais,... madame Mallet hésita une seconde... qu'elle vous aimait comme vous l'aimiez, mon ami. Vous n'aviez pas d'autre fortune que votre place, mais, je vous savais fort et courageux; je pouvais compter, d'autre part, sur l'activité et l'économie industrieuse de celle qui devait être votre femme; j'étais tranquille sur l'avenir. Aujourd'hui, que vous pouvez apporter chacun une part égale de fortune, aujourd'hui, que vous êtes en droit de réclamer une promesse sacrée, je suis forcée de vous avouer, en rougissant que je doute, oui, mon ami, que je doute que mon enfant soit digne de vous.

— Oh! non, non! ne l'accusez pas, dit Paul avec bonté, c'est moi qui ai démérité à ses yeux; au moment d'enchaîner sa destinée à la mienne, elle se sera effrayée de l'avenir.

— Ces craintes seraient trop tardives, dit la veuve avec un sourire amer, et je serais la première à les rejeter comme une défaite inadmissible.

— Mais, reprit Paul, si Mlle Henriette ne m'aime plus, si elle en aime un autre, si, enfin, sa nouvelle fortune l'a rendue ambitieuse, mon insistance est injuste et cruelle.

— Si tout cela était, dit Mme Mallet avec fermeté, ce ne serait pas seulement de vous dont elle serait indigne, mais de moi; si cela était, Henriette n'obtiendrait jamais le consentement de sa mère pour un mariage, si honorable et si brillant qu'il fût.

— A moins que je ne vous rende votre parole, dit doucement le jeune homme.

— Vous êtes le fiancé d'Henriette, vous serez son mari, Paul, ou alors ce qui sera fait, sera fait contre ma conscience et ma volonté.

— Mais ce secret que votre fille vous cache, votre tendresse ne peut-elle le deviner?

— Hélas! non, et c'est ce qui me désole: Henriette parlerait si elle ne craignait pas de me briser le cœur. Voyons, que dois-je faire, que dois-je tenter?

— Rien pour moi, répondit le jeune homme avec une douce résignation; tout pour son bonheur, puisque son bonheur est ailleurs que dans mon amour.

— Non, dit Mme Mallet, je ne puis accepter un tel sacrifice.

— Il le faut cependant, ma bonne madame Mallet. A quoi me servirait d'invoquer le passé, si le passé est pour jamais oublié? J'aime trop Mlle Henriette pour l'exposer à une contrainte morale.

La porte du salon s'ouvrit en ce moment, et Mlle Mallet entra brusquement.

Henriette avait dix-huit ans et quelques mois.

Elle était pâle et chétive, avec de grands yeux bleus, mélancoliques et doux, et une chevelure d'un noir bleuâtre, si abondante, si épaisse, qu'elle semblait être un fardeau trop lourd pour la tête qu'elle ornait.

A la vue de Paul d'Aubray, qu'elle ne s'attendait pas à rencontrer là, elle resta tout interdite et balbutia quelques excuses. Paul comprit son embarras, et se retira aussitôt.

La mère et la fille restèrent seules. Mme Mallet n'eut pas besoin de préparer la question qu'elle voulait entamer, par des périphrases plus ou moins habiles.

Henriette, qui venait de se débarrasser de son châle et de son chapeau, revint vers elle et s'assit sur le fauteuil que son fiancé venait de quitter.

— Pardonnez-moi si je vous interroge, ma mère, dit-elle avec cette émotion et ce tremblement de voix des enfants gâtés qui entourent de respect et de solennité une désobéissance arrêtée d'avance. M. Paul d'Aubray est venu vous parler de ce projet de mariage?...

— De cette promesse formelle, reprit la veuve; oui, ma fille, et quand tu es entrée, je venais de m'engager avec lui, avec ma conscience, à obtenir de toi une réponse définitive.

— Je devais vous la donner aujourd'hui même, ma mère.

— Écoute-moi avant de parler, Henriette, dit Mme Mallet avec bonté. Ma santé est des plus faibles, mon enfant, tu peux me perdre bientôt. C'eût été une grande consolation pour moi de te voir entrer dans une famille qui serait devenue la tienne un jour. Ma chère fille, tu sais que je n'ai jamais voulu t'imposer mes volontés, contrarier tes caprices d'enfant, tes fantaisies de jeune fille; eh bien, c'est au nom de cette tendre abnégation que je te supplie de m'avouer le secret qui pèse sur ton cœur.

Henriette releva sur sa mère un regard fier et assuré.

— J'aime M. Paul d'Aubray comme un frère, comme l'ami le plus dévoué qui nous soit resté; mais je ne puis être sa femme maintenant. Le jour où nous avons reçu, avec la nouvelle de la mort de notre bienfaiteur, de M. André d'Aubray, une preuve touchante de son affection, de sa reconnaissance, j'ai fait le serment de consacrer ma vie entière à l'expiation de sa mort, au rachat de son âme, en devenant l'humble servante de Dieu.

— Le cloître! dit la veuve d'une voix brisée.

— Le dévouement sans bornes et la charité intelligente, reprit Henriette avec une sorte d'exaltation mystique.

— Le cloître! répéta Mme Mallet en jetant ses deux bras autour du cou de son enfant!... Non, c'est impossible, toi, si jeune et si belle! toi, ma seule joie dans ce monde, ne plus te voir, ne plus t'entendre; te savoir enterrée vivante, dans un tombeau de pierre! Henriette, tu ne feras pas cela, je suis seule au monde, vieille et faible. Le premier devoir, c'est la reconnaissance de l'enfant envers sa mère.

— Ne me maudissez pas, s'écria-t-elle en courbant la tête... mais ma résolution est immuable. Je n'appartiens plus à la terre.

— Eh bien, je ne te demande plus qu'une grâce, accorde-moi encore une année.

— Je ne puis, dit Henriette avec effort.

— Six mois, fit la pauvre femme.

— J'attendrai six mois, répondit-elle en laissant tomber sa tête sur le sein de sa mère.

. . . .

XVII.

PIÉGE A LOUPS.

On dansait dans les salons de la vicomtesse de Maubeuge.

On dansait, et ce cher baron de Wikemberg polkait avec la jolie veuve, comme un rhétoricien en vacances.

Le hasard le plus vulgaire lui avait ouvert ce salon, et lui avait permis d'y tendre un de ses meilleurs piéges à loups.

Mme de Maubeuge était dame patronesse pour une œuvre de bienfaisance, son nom et son adresse se trouvaient dans les journaux.

Le premier venu qui avait dix francs à déposer dans l'aumônière de la lionne pouvait sonner à la porte de son hôtel.

André s'habilla comme une gravure de modes, monta dans son coupé et se fit conduire chez la jolie quêteuse, à laquelle il remit cinq cents francs.

Madame de Maubeuge avait voyagé en Allemagne, André lui parla de ses châteaux des bords du Rhin, de ses chasses, de ses équipages, et fut si gentilhomme, si galant, si séduisant, que la vicomtesse l'invita immédiatement à ses soirées du samedi.

Parfaitement au courant des êtres et des choses de cet intérieur, il savait d'avance quelles fonctions lui étaient réservées.

Bon an mal an, Bérangère de Maubeuge faisait battre trois ou quatre de ses chevaliers d'amour, et deux héritiers des Montpaillon ou des Montrichart se ruinaient à Bade ou à Hombourg pour soutenir auprès d'elle leur train de bouquets et de bonbons.

Mais André combattait à armes égales avec la vicomtesse, sous la même devise: *Pas de cœur*, *beaucoup d'esprit*. Donc le baron Théobald de Wikemberg était en ce moment le Sigisbé de la jolie vicomtesse, qui ne pouvait plus se passer de son docteur Faust (un petit nom d'amitié qu'elle lui avait donné).

Or, notre héros avait usé tout aussitôt de son crédit pour recommander le sculpteur Gustave Hébert à son amie Bérangère, qui désirait depuis longtemps se faire modeler en statuette.

Gustave Hébert, installé dans le boudoir de la vicomtesse transformé en atelier, jouait de l'ébauchoir et de la prunelle depuis un mois.

Sa statuette, médiocrement ressemblante, avait du moins le mérite d'être élégante et gracieuse.

Bérangère était on ne peut plus satisfaite de son statuaire, qui, son travail achevé, était resté au nombre de ses chevaliers d'amour.

M. Gustave Hébert avait trop bonne opinion de sa personne, pour douter de la victoire et c'était d'ailleurs une trop glorieuse conquête pour qu'il ne fît pas des prodiges de valeur.

D'Aubray attendait sur ce terrain-là, et sans plus tarder allait faire jouer une première mine.

***

Le bal tirait à sa fin, et la vicomtesse, qui avait pris le bras du baron, était venue se reposer des fatigues de la soirée dans un salon écarté.

— Causons, dit Mme de Maubeuge en lui faisant place auprès d'elle sur le sopha.

André poussa un grand soupir et dit d'une voix dolente:

— J'ai beaucoup de chagrin ce soir, ma belle souveraine.

— Prenez garde baron, fit-elle en riant vous aller entamer votre dix-septième déclaration d'amour, et il est trois heures du matin. Vous tournez à l'Edgard de Chavilly, prenez-y garde.

(Ce M. de Chàvilly était le Werther de sa cour d'amour.)

— C'est-à-dire à la fidélité insupportable du caniche. Eh bien, non! cette déclaration que vous lisez dans mes yeux, comme on lit un orage sur un baromètre, cette déclaration est une déclaration de guerre.

— Baron! s'écria Bérangère, vous avez des raisonnements de l'autre monde.

— Eh! qui sait? j'en arrive peut-être.

— Du monde chinois? c'est bien possible. Enfin, vous me déclarez la guerre?

— Oui.

— Et pour quel motif?

— Parce que je suis jaloux comme Bartholo.

— De qui? de Fabian?

— Oh! vous ne serez pas assez naïve pour le nommer?

— Du colonel de Herdeghem?

— Non, il n'est dangereux qu'à cheval.

— Alors c'est du beau Montozzi?

— Qui se nomme Ascanio, et qui parle français comme un poêlier-fumiste : Ze souis, Mâtâme, votre plou zoumble adoratore... Non! mon héros est plus sérieux : c'est un homme de cœur et d'esprit, un artiste de talent, infiniment plus beau que le beau Montozzi.

— Je vous avouerai, dit Bérangère, que ce portrait romanesque est une énigme pour moi.

André se leva et alla poser un doigt sur la statuette de la vicomtesse.

— M. Gustave Hébert! s'écria Mme de Maubeugé en devenant subitement sérieuse et presque colère. En vérité, mon cher baron, vous abusez des licences que je permets à votre esprit fantaisiste. Pour être un peu prompte parfois, mon amitié ne déroge pas, du moins. Je tiens en grande estime le talent de M. Gustave Hébert, je le reçois comme artiste, mais je ne sache pas lui avoir fait l'honneur de l'admettre à ma cour.

— Alors, pardonnez à mon esprit fantaisiste cette sortie inconvenante.

— Je vous pardonne, mais à la condition toutefois que vous allez me dire qui vous a soufflé cette idée bizarre?

— L'amende honorable que je vais infliger à mon amour-propre sera mon premier châtiment. Mettant de côté (à tort, je le reconnais) les questions de naissance et de fortune, j'ai trouvé que, tous comptes faits, ce jeune homme nous était supérieur.

— Quelle folie!

— Soit! mais folie raisonnable. M. Hébert monte à cheval comme le colonel; il est incontestablement plus beau que Montozzi; il y a des jours où il est presque aussi original...

— Que vous?

Le baron s'inclina.

— Maintenant, si nous passons des mérites purement physiques aux qualités morales, je dois reconnaître que le pauvre garçon laisse beaucoup à désirer. J'ai bien étudié cette nature, qui est tout cœur, tout imagination. Qu'une femme jeune, belle et résolue, ait la fantaisie de dominer cette âme, elle en fera l'esclave de tous ses caprices, le serviteur humble et soumis de toutes ses volontés. M. Gustave Hébert est un peu de la famille de M. André d'Aubray, dont vous avez sans doute entendu parler.

— Oui, dit Mme de Maubeuge, qui prêtait une extrême attention aux paroles du baron, ce jeune homme qui s'est tué pour une cantatrice italienne; et vous croyez que ce pauvre Gustave serait assez fou pour l'imiter?

— Assez fou ou assez amoureux, répliqua André en étudiant l'expression ironique et réfléchie qui se peignait sur le visage de la lionne.

— Ah çà! mon cher ami, reprit Mme de Maubeuge après un silence, où voulez-vous en venir avec vos réflexions sentencieuses qui ressemblent à des avis mystérieux? Si c'est votre jalousie qui vous inspire tous ces beaux discours, vous avouerez qu'elle est singulièrement maladroite.

Le baron de Wikemberg comprit qu'il allait se faire battre comme un écolier, s'il ne se hâtait de faire une diversion.

— Tenez, vicomtesse, dit-il avec bonhomie, la partie n'est pas égale entre nous; tout mon machiavélisme amoureux vient se briser contre votre logique. En vous faisant le panégyrique de M. Gustave Hébert, que je n'ai jamais considéré un seul instant comme un rival sérieux... je voulais, j'espérais occuper des adversaires bien autrement dangereux, et les lancer sur une fausse piste.

La vicomtesse arrêta sur le baron un regard souriant, mais peu convaincu.

— Ah! dit-elle, je m'explique maintenant votre plan de bataille; eh bien! mon pauvre baron, vous en serez quitte pour en inventer un autre plus ingénieux. Il se peut que certaines petites margraves blondes et vaporeuses, de la blonde et vaporeuse Allemagne, se laissent aimer par des faiseurs de lieders et des barbouilleurs de toile; mais ici à Paris, les vicomtesses laissent les poëtes et les peintres aux bourgeoises et aux modèles d'atelier.

Et Mme de Maubeuge, après avoir donné quelques petits coups d'éventail sur les volants de sa robe, prit congé du baron, et rejoignit ses invités.

— Diable! se dit André en se mordant les lèvres, me voilà roulé comme un écolier.

En ce moment, un domestique en habit noir, ganté et cravaté de blanc, s'approcha d'André.

— Monsieur le baron veut-il prendre une glace? dit-il à mi-voix.

— Non.

— Monsieur le baron a bien tort; Rouzé s'est distingué ce soir.

André releva la tête pour considérer ce serviteur étrange. Un cri de surprise expira sur ses lèvres. Ce serviteur était Saint-Albane, son régisseur.

— Vous, ici! s'écria André en reculant de deux pas.

— Je prierai instamment monsieur le baron de dissimuler soigneusement ses étonnements; je ne suis pas ici pour le service de monsieur le baron.

— Ah! très-bien, fit André en prenant une glace sur le plateau que lui présentait le policier.

— Mais si je puis être utile en quelque chose à monsieur le baron.

André eut une inspiration soudaine.

— Saint-Albane, dit-il vivement, madame de Maubeuge a-t-elle un amant?

— Hé! hé! fit le policier.

— Vous le connaissez?

— Permettez.

— Son nom?

— C'est un secret.

— Dites-le vite.

— Un secret d'État!

— Diable!

Saint-Albane se pencha vers André et lui glissa un nom bas à l'oreille.

— Le prince de Kermoloff!

— Chut! fit l'ex-père noble en posant un doigt sur ses lèvres.

— Est-ce que par hasard Mme de Maubeuge serait aussi de la pol...

— Autrichienne, interrompit Saint-Albane en s'inclinant.

— Alors, dit André, je m'explique votre présence ici : à bon chat bon rat.

— Un conseil, monsieur le baron : défiez-vous toujours des domestiques de *louage* pour le service des rafraîchissements.

— Merci!

— Ah! pardon, reprit Saint-Albane en déposant son plateau sur une table, et en tirant son portefeuille... Monsieur le baron m'a fait l'honneur de me demander une note sur le valet de cœur d'une certaine Louisa...

— La belle Rousse de la rue du Sabot.

Le policier lui tendit un feuillet manuscrit sur lequel André trouva les renseignements suivants :

« Le beau Charles (*dit Boule de Siam*), grand et solide garçon, blond comme un épi de blé, a essayé de tous les métiers, a été successivement garçon tailleur, chanteur des rues, *aboyeur* de boutique à treize sols, ouvreur de portières, baigneur de chiens et professeur de canne.

« Caractère doux et sentimental; — incapable de commettre un crime, mais a eu affaire à *la correctionnelle*; — paresseux incorrigible; — moyens d'existence présentement inconnus; — très-aimé de Mlle Louisa, dont il est fort jaloux; — a été recommandé au chef de la gare d'Angers par M. le comte de Bussières; — recommandé par le même au bureau des bagages (gare de Lyon); — n'a pas voulu quitter Paris; — dénoncé comme un homme dangereux; — arrêté pendant vingt-quatre heures, et relâché faute de preuves suffisantes. »

— Compliments, cher monsieur Saint-Albane, dit André tout

en glissant la note dans la poche de son gilet, il est impossible d'être mieux renseigné...

— Alors, monsieur le baron n'a pas besoin d'explication verbale? demanda le policier avec un sourire narquois.

— Mais je ne vois pas trop ce que je pourrais vous demander de plus.

Est-ce que monsieur le baron ne serait pas curieux de connaître le nom de la personne qui a écrit à monsieur le Préfet de police, pour le prier de le *débarrasser* du beau Charles.

— Le comte de Bussières! dit André, frappé d'une soudaine révélation.

— M. le comte de Bussières, répéta Saint-Albane.

— Et cette pièce? demanda vivement le jeune homme.

— A été remise à l'agent chargé de suivre l'affaire. J'aurai l'honneur de la prêter demain à monsieur le baron, qui pourra en prendre copie.

Une exclamation joyeuse s'échappa des lèvres d'André. Il tenait entre ses mains la déconsidération et le mépris public de celui qui avait été impitoyable à ses folies de jeunesse et à son honneur.

XVIII.

BARTOLETTI AGENT MATRIMONIAL.

André était émerveillé de son régisseur.

Saint-Albane semblait doué de la seconde vue. A chaque question que lui adressait son patron sur tel personnage placé sous sa *surveillance*, il tirait une note détaillée de son portefeuille et la lui remettait en souriant de ce petit sourire moqueur, qui donnait souvent à réfléchir au noble baron de Wikemberg.

Tous les fils étaient attachés aux marionnettes, et la danse macabre commençait ses rondes fantastiques sur plusieurs points.

Bartoletti seul semblait s'endormir dans les délices du *farniente* le plus napolitain.

Un matin comme Saint-Albane était au *rapport*, le docteur entra dans la chambre à coucher de son ami et s'assit à son chevet.

Il semblait radieux!

— Mon cher André, dit-il en puisant dans sa boîte d'or, j'ai beaucoup travaillé depuis un mois.

— En effet, mon ami, votre clientèle est nombreuse à Paris.

— J'ai beaucoup travaillé pour vous, continua Bartoletti.

— Bah!

— Vous allez le comprendre du premier coup d'œil en lisant la liste de mes clients.

— Diavolo! elle est imposante fit André en dépliant le papier.

— Et intéressante!

— Ah! dit le jeune homme après avoir lu une trentaine de noms en I et en O, vous donnez vos soins à la signora Hermosa... On m'avait dit, en effet, qu'elle était à Paris depuis un mois.

— Je suis, comme vous le savez, médecin du théâtre Italien.

— Et je vous en fais mon compliment.

— Le jour même où la diva devait débuter dans *Ernani*, un malencontreux enrouement la saisit à la sortie de la répétition; envoyé par l'administration pour constater l'indisposition de cette chère enfant et lui donner mes soins, je fus reçu comme un dogue qui vient rôder autour d'un panier de chattes; sans Gervaise j'étais dévisagé. Mais comme il est avec le ciel des accommodements, il est aussi des raccommodements avec les cantatrices féroces. Après une heure de protestations et d'explications, j'obtins mon pardon, à la condition toutefois que je rendrais la voix à ma cliente, et qu'elle pourrait chanter le soir même.

— Diable! c'était bien chanceux.

— Oh! vous savez, je suis l'homme du tremplin, je réussis mes équilibres. J'acceptai sans hésitation : nous montâmes dans une voiture, et, pendant que ma belle cliente prenait un bain russe, je me fis préparer chez Grassi, le prince de la pharmacie, une potion d'un effet victorieux. A dix heures, la diva était déjà rappelée deux fois. Succès prodigieux! tonnerres de bravos; je n'ai jamais vu pareille ovation en Italie.

— Tant mieux! dit André avec un sourire amer, si l'artiste peut faire oublier la courtisane.

— Bref, à minuit, nous soupions chez Hermosa, qui m'embrassait sur les deux joues en m'appelant le docteur Miracle, et les autres convives portaient les tosts les plus flatteurs pour mon amour-propre. J'étais de nouveau le médecin de confiance de votre ex-adorée.

— Et, demanda André, a-t-elle remplacé ses amants défunts, André d'Aubray et Picchiottino? car c'est un véritable champ de bataille que cette chère Hermosa.

— Non, dit Bartoletti avec assurance; la diva est toujours veuve.

André partit d'un grand éclat de rire.

— Vous êtes d'une naïveté adorable, mon cher Bartoletti.

— Naïf ou roué, je suis parfaitement sûr de mon fait. Enfin, me voilà dans la place, et comme j'ai beaucoup parlé à ces dames de mon ami Théobald de Wikemberg, je vous présenterai le jour où vous serez désireux de renouer connaissance avec cette chère, cette très-chère belle.

— Mille grâces; je comprends parfaitement que cette cure vous fasse le plus grand honneur, mais je ne saisis pas encore les avantages de l'opération au point de vue des intérêts qui m'occupent en ce moment.

— *Che va piano, va sano*, fit sentencieusement Bartoletti. D'abord cette grande amitié de la diva pour votre serviteur a sa valeur, et vous ne serez pas fâché de la retrouver un jour au dossier; mais ce n'est qu'un simple détail. Voici le fait intéressant. Gervaise s'étant brouillée à jamais avec sa bonne amie Hermosa, la diva, qui aime la société, et qui d'autre part a besoin d'une personne d'ordre pour tenir sa maison et s'occuper de ses toilettes et de ses costumes, m'a prié de lui trouver cette honnête personne. Or j'ai songé tout aussitôt à Mlle Lydie Michallon, qui, agréée sur sa bonne mine, est entrée en fonctions depuis quinze jours aux appointements de dix huit cents francs par an.

— Je veux être pendu si je comprends un mot de ce logogriphe! Et vous, Saint-Albane?

— Un peu de patience, monsieur le baron, d'après ce que je sais de Mlle Michallon, j'ai tout lieu de supposer qu'il s'agit d'un projet de mariage.

— Bravo! c'est plaisir que de conspirer avec vous! s'écria Bartoletti enchanté. Oui, mon cher baron, il s'agit d'un projet de mariage... La Lydie, qui me considère comme un protecteur, m'a fait ses petites et ses grandes confidences. Elle ne veut pas coiffer sainte Catherine, non pas qu'elle souffre du célibat, mais parce qu'elle se sent le génie des affaires; qu'elle trouve seulement un parti de deux ou trois mille livres de revenus, et elle prononcé le oui fatal. Or ce parti sonnera dans deux heures à ma porte... Ce parti, c'est le capitaine Justin Préval.

— Docteur, si vous faites ce mariage, je vous tiens pour notre maître! s'écria André en toisant le docteur avec admiration.

— Le cabinet d'un docteur est un terrain neutre, excellent pour ces sortes de manœuvres. Mes deux amoureux se rencontreront tout à l'heure, par hasard! et per Dio, j'y aurai perdu mon grec et mon latin, ou nous aurons notre revanche. Je connais la Michallon; elle couperait un centime en quatre, et c'est la pie-grièche la plus acariâtre qu'il existe. Quand elle aura mis le grappin sur les petites rentes de son mari, elle le fera marcher dans des souliers percés, et lui refusera des sols pour son tabac!

Il dottore se révélait tout à coup comme agent matrimonial et comme vengeur. Saint-Albane, qui pouvait passer à juste titre pour un connaisseur, crut devoir lui adresser ses plus sincères compliments.

Nous avons dit plus haut comment l'ex-père noble se trouvait présent à cette conversation; Saint-Albane venait demander à son patron un crédit de deux cent cinquante francs pour la location de certain cabinet attenant au logement de Mlle Louisa. André, qui n'avait pas oublié la scène de l'osteria Barbieri, vota la somme d'enthousiasme... Il savait que son régisseur s'inspirerait de la fameuse cellule de la *bouche de fer* à Venise, pour la disposition intérieure du local.

Cette nouvelle tranchée ouverte, André s'habilla, déjeuna de grand appétit et se rendit chez M. Gustave Hébert. Après avoir prodigué à l'artiste les éloges les plus exagérés, il acheta fort cher et paya comptant deux statuettes que M. Gustave n'avait jamais pu vendre aux marchands; avisant ensuite sur une planche la statuette de la *Phrynée*, André joua l'admiration la plus enthousiaste.

— Mon cher Gustave! dit-il, combien vous faut-il de temps pour achever cette petite merveille?

— Deux mois.

— Et combien voulez-vous me la vendre? prix d'ami.

— Huit mille francs, répondit Gustave Hébert, qui savait que le baron ne marchandait jamais.

André tira huit mille francs de son portefeuille, et écrivit sur l'angle d'une table un reçu ainsi formulé :

« Reçu de M. le baron Théobald de Wikemberg la somme de huit mille francs, pour prix d'une statuette en marbre blanc, représentant une *Phrynée* sortant du bain, laquelle statuette lui sera livrée dans quatre mois à partir de ce jour. »

M. Gustave Hébert compta gravement ses billets, puis il data et signa le reçu que le baron enferma soigneusement dans son portefeuille. Quand André crut avoir suffisamment *gagné* la confiance de l'artiste, il aborda tout doucement une question infiniment plus intéressante pour lui, mais aussi beaucoup plus difficile à traiter : celle des amours de M. Gustave Hébert. Il joua le tout pour le tout, et raconta au jeune homme une partie de ce qui s'était passé au dernier bal de la vicomtesse de Maubeuge.

Cela pouvait tout d'abord ressembler à une maladresse; mais André savait sur quel terrain il semait. M. Gustave devint pourpre de colère en apprenant les dédains de la grande dame, et nia, par les serments les plus énergiques, lui avoir jamais fait la cour. André eut l'air d'approuver cette conduite, et l'engagea à se tenir toujours avec la vicomtesse dans les mêmes termes de politesse et de réserve, pour ne pas compromettre inutilement sa dignité d'artiste. Or ce conseil hypocrite devait avoir pour résultat d'irriter l'amour-propre et la fatuité du jeune homme, qui se posa immédiatement en don Juan, et accepta le défi qui lui était jeté par la grande dame.

— Pardieu ! mon cher, s'écria-t-il, Mme de Maubeuge n'est pas pétrie d'une autre pâte que les autres femmes, et je ne crois pas plus aux vertus blasonnées qu'aux pruderies bourgeoises... Ce n'est qu'une question de temps. Allez, mon cher baron, vous pouvez en croire mon expérience, il y a toujours dans la journée d'une coquette un quart d'heure de faiblesse, le quart d'heure du diable; le tout est d'arriver au bon moment. Je n'aime pas et n'aimerai jamais la vicomtesse; mais si j'avais un caprice pour elle, je crois sans fatuité que j'arriverais à mes fins sans de bien grands efforts.

— Permettez-moi d'en douter, mon cher ami, fit à son tour André avec un petit sourire de doute.

— Pourquoi donc? répliqua M. Gustave Hébert en caressant amoureusement les boucles de sa chevelure; je suis assez jeune, assez bien tourné de ma personne, et j'ai assez de monde pour croire au succès.

— Soit !... Mais tous ces *assez* ne peuvent rien contre...

— Contre ?...

— Contre certain secret que j'ai surpris.

— Ah ! fit Gustave un peu déconcerté... et vous ne pouvez me le confier?

— Donnez-moi votre parole d'honneur de le garder pour vous seul.

— Je vous en donne ma parole d'honneur, mon cher baron.

— Eh bien! Mme de Maubeuge est la maîtresse du prince de Kermoloff.

M. Gustave Hébert partit d'un grand éclat de rire.

— Le prince de Kermoloff ! s'écria-t-il; un homme de soixante-dix ans, ridé comme une nèfle, sec et jaune comme un parchemin. Et c'est là ce rival redoutable?

— Le prince est le type le plus parfait de la distinction, reprit le baron d'un air convaincu; c'est le pur gentilhomme français de la cour de France au temps des Richelieu.

— Bast ! dit Gustave, affaire de gants blancs, de bouquets, de fadeurs et de bonbons.

— Toutes choses qui coûtent fort cher.

— J'ai les moyens de soutenir la guerre.

— Tant mieux ! dit le baron en se levant pour prendre congé; tant mieux ! car je crains que le siège ne soit long !

— Nous verrons bien.

André n'avait jamais manœuvré avec plus d'habileté. Tous ses boulets avaient porté. Gustave Hébert, horriblement froissé dans son amour-propre, se mit immédiatement en campagne. Mme de Maubeuge traita d'abord ce nouveau soupirant avec une hauteur et une impertinence railleuse qui eussent découragé un amoureux moins résolu; mais, d'un mot, M. Gustave Hébert changea du tout au tout les dispositions de la vicomtesse à son égard. Ce mot fut le nom du prince de Kermoloff, jeté comme un défi et aussi comme une menace. Bérangère n'avait pas dissimulé le mépris que lui inspirait l'amour de ce petit roturier; mais, quand ce mépris se fut subitement changé en haine, elle devint la femme la plus charmante, la plus aimable, la plus séduisante du monde.

— Vous voulez obtenir, sans combattre, la reine du tournoi, dit-elle avec son plus charmant sourire, cela n'est ni brave, ni juste... Gagnez vos éperons de chevalier, je vous jure que la reine sera plus indulgente pour vous que pour tout autre.

Il n'y avait pas à s'en dédire. Gustave Hébert accepta avec bonheur les fonctions de sigisbé qui lui étaient dévolues, et commença par acheter un cheval pour aller parader au bois et escorter la voiture de la jolie vicomtesse.

André connaissait assez Mme de Maubeuge pour être parfaitement sûr qu'elle ne jetterait M. Gustave Hébert à la porte de son boudoir, comme un bouquet fané, que lorsqu'il devrait trente ou quarante mille francs, et que le séjour de Paris lui serait devenu impossible.

Cette femme était la ruine vêtue de soie et pavée de diamants.

XIX.

CONSULTATION.

Au milieu de ses travaux de siège, André n'avait guère eu le temps de songer à son cousin Paul, qui, du reste, se tenait complètement éloigné du monde depuis le jour où Mme Mallet lui avait appris la résolution de sa fille. Ce n'était pas chez lui de l'indifférence, — il aimait Henriette à mourir pour elle, — mais une résignation muette et le respect d'une croyance religieuse.

Quand Mme Mallet lui fit connaître les intentions d'Henriette, il resta en apparence aussi calme que s'il se fût agi pour lui de la question la plus ordinaire. Le déchirement intérieur avait été des plus poignants, mais pas une seule larme ne s'était échappée de ses yeux. Rentré chez lui, et seul avec sa douleur, il s'était mis à pleurer comme un enfant.

Le lendemain, il partait pour Saint-Germain, sans prévenir personne de sa détermination. Comme ces oiseaux blessés qui se cachent pour souffrir et pour mourir, le pauvre garçon s'exilait, pour ne pas étaler sa douleur.

André éprouva un profond chagrin en apprenant la résolution de son parent; mais il connaissait de longue date son caractère ombrageux et taciturne, et savait que toute tentative de consolation serait maladroite et même dangereuse en ce moment.

Il fallait attendre que la douleur fût émoussée.

Le même jour où Bartoletti réunissait Mlle Lydie Michallon et le capitaine Justin Préval dans son cabinet, et où il obtenait un pudique aveu de la première et un chaleureux consentement du second, une dame voilée descendait d'une voiture de place devant le petit hôtel de la rue de Boulogne, et faisait demander une consultation au docteur.

Lorsqu'il eut pris place devant son bureau, la visiteuse releva son voile et mit à découvert un gracieux visage encadré par de superbes cheveux noirs; de grands yeux bleus, limpides et doux, se fixèrent avec une curiosité avide sur le praticien.

— Je suis tout à vos ordres, madame, fit-il en lui avançant un fauteuil.

La jeune femme tressaillit légèrement, comme une personne que l'on distrait brusquement d'une méditation profonde, et, posant la main sur son cœur :

— Docteur, dit-elle, je souffre parfois de palpitations violentes et d'étourdissements.

Bartoletti lui prit la main gauche qu'elle venait de déganter, et lui tâta le pouls en consultant en même temps son chronomètre.

— Pas le plus léger mouvement de fièvre, fit-il comme se parlant à lui-même... Permettez-moi maintenant d'étudier les battements du cœur.

La malade rougit et hésita un moment.

— C'est indispensable, madame, reprit Bartoletti, qui comprenait le motif de son embarras.

Elle dégrafa le petit talma de velours qui couvrait ses épaules, afin que le docteur pût appuyer l'oreille contre sa poitrine.

— Merci ! dit-il après quelques secondes d'attention; rien autre chose qu'une grande émotion.

Et il commença à écrire une ordonnance anodine, pour avoir l'air de gagner les vingt francs de sa cliente.

— Vous avez habité longtemps Naples, docteur? dit la jeune femme pendant qu'il écrivait.

— Jusqu'au jour où je suis venu en France recueillir la succession de M. André d'Aubray.

Je vous présente M. le baron Wikemberg.

— Vous étiez son meilleur ami?

— Oui, madame.

— Un ami doit deviner, doit prévenir les mauvaises pensées de son ami. M. André d'Aubray a donc été bien prompt dans sa résolution, ou bien impénétrable, que vous n'ayez pu le sauver?

Tout ceci fut dit avec une accentuation si nette et si énergique, que le docteur resta interdit.

— Pardonnez-moi, monsieur, reprit la jeune femme d'une voix plus douce, si l'affection, la reconnaissance que ma famille et moi avons envers M. d'Aubray me font vous parler ainsi. M. d'Aubray était notre meilleur ami; et vous comprendrez facilement que nous attachions un grand intérêt à tout ce qui a rapport à lui. Les quelques détails qui nous sont parvenus sur sa mort sont si étranges, si invraisemblables, que je n'ai pas hésité à m'adresser à vous pour connaître la vérité.

Bartoletti eut immédiatement la pensée que cette jolie petite cliente, lui était envoyée par M. de Bussières ou quelque autre membre de la famille, et que la vérité était sinon découverte, du moins soupçonnée.

La meilleur jeu à jouer était de paraître dupe de cet intérêt un peu tardif, et de donner la version la plus exacte des amours d'André avec la belle Hermosa, en passant toutefois sous silence la scène de l'osteria Barbieri, et en laissant complétement de côté sir James Stewart, dont les indiscrétions pouvaient devenir fâcheuses.

La jeune femme suivit avec une attention douloureuse le récit du docteur.

— Mais, reprit-elle avec une sorte d'ironie qui déguisait mal un emportement jaloux, comment se fait-il qu'étant aimé par cette femme, cette Hermosa dont tout le monde vante la beauté et le talent, qu'étant heureux et riche, il ait renoncé brusquement à tout cela, et accompli un acte qui semble être plutôt le défi d'une âme blessée, que le suprême adieu d'un malheureux à bout de souffrances et de courage.

— La monomanie peut seule expliquer une semblable action, dit Bartoletti : il est évident pour moi que le pauvre jeune homme aura eu le délire, et qu'il a agi sans avoir la conscience de ses faits.

— Non, dit-elle en relevant sur Bartoletti un regard assuré, ce n'est ni la monomanie ni la fièvre qui ont tué M. d'Aubray, c'est la jalousie. Cette femme, pour laquelle il avait tout sacrifié, famille, patrie et renommée, cette femme ne l'aimait pas.

— Mais, qui vous fait supposer? interrompit Bartoletti.

— Elle vous le dira elle-même, reprit-elle avec une fermeté qui acheva de décontenancer son interlocuteur.

— Je vous ai appris tout ce que je savais, madame, fit-il en se levant, il me serait impossible, à moins d'inventer un roman, de satisfaire plus amplement votre curiosité.

— Oui, dit-elle tristement, cela ressemble à de la curiosité pour vous qui ne me connaissez pas.

— Permettez-moi de vous faire remarquer, madame, que j'ai eu la discrétion de ne pas vous demander votre nom.

— Vous le saurez tout à l'heure, quand j'aurai dissipé l'impression fâcheuse que des questions maladroitement posées ont laissée dans votre esprit. Tenez, docteur, je vais vous donner immédiatement une grande preuve de franchise : la maladie pour laquelle je suis venue vous consulter n'était qu'un prétexte.

— *Per Dio!* se dit Bartoletti, je l'avais déjà deviné!

Liberty, ivre de rage, tentait en vain de dégainer son sabre.

— Maintenant, si étrange que vous paraisse ma démarche, si indiscrète qu'elle soit, vous n'aurez, j'en suis certaine, que de l'indulgence et de la pitié quand vous saurez qu'en sortant de cette maison, le dernier anneau qui m'attachait au monde sera brisé, et que vous ne rencontrerez plus Henriette Mallet que dans une salle d'hôpital, au chevet d'un malade, ou sous la mansarde du pauvre honteux.

— Henriette Mallet! s'écria le docteur. Ah! si j'avais su? Oh! parlez, parlez, mon enfant! vous pouvez vous confier à moi comme à un ami; ce pauvre André vous aimait tant!

— Il m'aimait! dit-elle tristement, mais pas assez pour vivre. Je n'ai jamais été pour lui qu'une enfant.

— Une sœur! répondit Bartoletti, puisqu'il a songé à vous laisser une dot?

— Oui, il croyait que la fortune pouvait me rendre heureuse.

— La fortune et un mari comme Paul d'Aubray... dit-il en l'observant attentivement.

— Ah! vous savez?...

— Je sais que le pauvre garçon est bien triste, bien malheureux de votre refus.

— Je prierai Dieu qu'il lui donne l'oubli, comme il m'a donné la force de quitter ceux que j'aime.

— Ainsi vous êtes bien décidée?

— Oui!

— Votre cœur est mort pour ce monde? Savez-vous bien que cela peut se nommer aussi un suicide, et que cette résolution désespérée semble dictée par un sentiment semblable à celui qui dominait si fatalement André. A votre âge, on n'est pas encore las des joies mondaines; on croit au bonheur. A mon tour de vous dire : Ce n'est ni la vocation qui vous inspire, ni le dégoût de la terre qui vous pousse vers le cloître : c'est un amour sans espoir.

— C'est la vérité, dit-elle en courbant le front; j'aimais M. André d'Aubray.

— J'avais déjà deviné votre secret, dit le docteur en lui prenant affectueusement la main.

— Ce ne fut d'abord que de la reconnaissance que j'éprouvai pour notre bienfaiteur; et je pouvais accueillir alors, sans arrière-pensée, les vœux de M. Paul d'Aubray, qui se recommandait d'ailleurs par sa conduite et les sentiments les plus honorables; mais je compris bientôt que je m'étais abusée sur mes propres sensations, et qu'en lui accordant ma main, je ne lui donnais pas mon cœur, qui appartenait tout entier à un autre.

Bartoletti réfléchit un instant avant de parler.

— N'aviez-vous rien autre chose à me dire, mademoiselle? reprit-il avec bonté.

— Devez-vous jamais retourner à Naples?

— Bientôt, je l'espère.

— Eh bien! jurez-moi d'accomplir fidèlement ce que je vais vous demander.

— Je vous le jure.

— Placez ce portrait et ces cheveux sur la tombe d'André d'Aubray : c'est mon adieu au monde, c'est ma dernière pensée mondaine.

Le docteur prit le médaillon, qui renfermait, d'un côté, un charmant portrait à la miniature, portrait d'une resemblance miraculeuse; et de l'autre, une petite tresse de cheveux sous une glace ovale.

— Permettez-moi, dit-il, de réclamer de vous, en échange, une promesse formelle.

— Une promesse? répéta Henriette avec un peu d'hésitation.

— Jurez-moi de ne faire aucune démarche, de ne prendre aucune résolution touchant votre vocation religieuse, sans m'en prévenir à l'avance.

— J'avais promis à ma mère d'attendre quelques mois avant de me séparer d'elle : le terme que j'ai fixé est encore assez éloigné.

— N'importe! J'ai votre parole, n'est-ce pas?

— Oui.

— Mon enfant, reprit Bartoletti tout en la reconduisant jusqu'à la porte de son cabinet, venez me voir quelquefois, nous parlerons d'André; nous autres médecins italiens, nous sommes un peu sorciers, voyez-vous, et je ne désespère pas de l'avenir.

— Rappellerez-vous André à la vie? dit-elle en secouant tristement la tête.

— Vous ne me croiriez pas si je vous disais oui, reprit le docteur en serrant tendrement la main qu'elle lui tendait.

La scène qui venait de se passer était si étrange, si inattendue, que Bartoletti éprouva d'abord cette stupéfaction réfléchie, cet hébétement du joueur qui a fait sauter la banque avec son dernier écu.

Le drame allait se dénouer comme un opéra-comique, au milieu des flonflons d'une noce. Il y avait là réellement de quoi dérider un docteur plus grave que ne l'était ce cher docteur Bartoletti, lequel ne s'était jamais senti à l'aise dans son rôle de deuxième traître à la suite.

— C'est qu'elle est charmante, se disait-il tout en se promenant à grands pas dans son cabinet et en contemplant le petit portrait d'Henriette; des cheveux de Napolitaine, des yeux de gazelle, une petite bouche fraîche et merveille! A la bonne heure! en voilà une qui ne joue pas toute une comédie pour dire : j'aime, ou je hais. *Per Dio* ! ce serait trop dommage; d'ailleurs, elle ne ferait jamais qu'une mauvaise religieuse. Je l'ai bien jugée, il y a des yeux qui ne vous trompent jamais : on peut se fier à elle, et si d'Aubray m'en croit, il lui avouera tout, et la fera baronne de Wikemberg.

— A qui diable en avez-vous donc, cher ami? fit André qui était entré pendant ce monologue et se tenait accoudé sur l'angle de la cheminée.

— Ah! c'est vous? s'écria Bartoletti radieux; arrivez bien vite, mon cher André, que je vous apprenne la nouvelle la plus surprenante, mais aussi la plus complètement heureuse qui soit entrée ici depuis que nous sommes en France!

— Vous êtes nommé médecin du roi de Siam?

— Il n'est pas question de moi, mais de vous, mon cher André, de vous qui n'avez qu'un mot à dire pour être le plus fortuné de tous les mortels!

— Vraiment? fit d'Aubray de l'air le plus indifférent du monde; c'est donc une fée protectrice qui vous a remis pour moi un talisman?

— C'est une fée! une charmante petite fée de dix-huit ans, avec de grands yeux bleus fendus en amande, et une voix de séraphin!

— Et voici sans doute le talisman? interrompit André en prenant le médaillon d'Henriette.

— Justement.

D'Aubray eut à peine jeté les yeux sur le portrait, que ses traits prirent aussitôt une expression plus douce et plus souriante.

— Mademoiselle Henriette Mallet, dit-il, c'était encore une enfant quand j'ai quitté la France; c'est maintenant une jeune et jolie fille. Ah çà! comment diable ce portrait se trouve-t-il entre vos mains?

— Oh! dit Bartoletti, par une circonstance bien ordinaire : le peintre qui a fait ce travail a quitté Paris, et madame Mallet m'a prié de faire changer, par un autre artiste, les ajustements de ce portrait : cette robe de bal et cette coiffure de fleurs doivent être remplacées par une robe et une cornette de sœur grise.

— Non, c'est impossible! s'écria d'Aubray en posant le médaillon sur la cheminée. Il faut voir Henriette, docteur.

— Je l'ai vue.

— Ah!

— Ici, tout à l'heure!

— Et quel était le but de sa visite? demanda André, dont la curiosité commençait à s'éveiller.

— Elle venait m'avouer le secret de sa vocation.

— Et vous n'avez pas trouvé des paroles assez persuasives pour la détourner de ce projet?

— Vous aurais-je empêché d'accomplir votre suicide à Naples, si j'avais pu deviner votre dessein?

— Non, certes.

— Eh bien! mademoiselle Mallet étant à peu près dans la même situation, je ne connais pas de raisonnement qui soit capable de briser sa résolution.

— Elle n'aime pas le cousin Paul?

— Non.

— Elle a alors un autre amour en tête?

— Le plus noble et le plus pur qui ait jamais fait battre un cœur féminin.

— Eh bien! continua d'Aubray avec une brusquerie enjouée, tant pis pour le cousin Paul; jaime trop ma petite Henriette pour la voir malheureuse. Docteur, il ne sagit plus à présent que de mettre notre esprit et notre argent au service de cette jolie enfant-là, et de lui donner, au plus tôt, l'amoureux de son choix.

— Il est mort, dit Bartoletti après un silence.

— Mort? fit André frappé par cette réponse inattendue. Ah! pauvre Henriette, tout s'explique maintenant... Mort!

— Mais, ajouta Bartoletti en posant une main sur l'épaule du jeune homme, si le baron de Wikemberg voulait ressusciter pour une heure seulement M. d'Aubray, rien ne serait désespéré.

— Moi! s'écria d'Aubray en chancelant; c'est moi qu'elle aime? Ah! malheureuse enfant!

— Comment, vous n'acceptez pas cet amour comme le plus grand bonheur qui puisse vous arriver?

André ne répondait pas, il pleurait.

— André, mon ami! fit le docteur en lui prenant la main.

— Mon pauvre Bartoletti, vous aviez oublié que, comme ces malheureux qui avaient soupé à la vigne d'Alexandre Borgia, le poison a fait de moi une statue de marbre; cherchez mon cœur avec votre scalpel, docteur, vous n'y trouverez à la place qu'un caillou; ouvrez mes veines, c'est du son qui en sortira. Ah! misérable! misérable! continua-t-il avec une exaltation fiévreuse : tu crois vivre, parce que tu respires et que tu vois? Mais, regarde ton visage livide, cherche, avec une pointe d'acier, à éveiller la douleur dans ta chair engourdie, es-tu vivant ou mort? réponds.

— Pauvre Henriette, murmura tristement le docteur, tu seras sœur grise!

XX.

BOULE DE SIAM.

André ne s'était jamais rendu un compte bien exact des relations qui existaient entre M. de Bussières et la belle Louisa.

Trois soirées passées en compagnie de Saint-Albane, dans le cabinet de la rue du Sabot, le mirent complétement au courant de l'intrigue.

Le comte avait rencontré pour la première fois Mlle Louisa dans l'atelier de Gustave Hébert.

Frappé de la beauté étrange de cette fille, le flegmatique administrateur était revenu le lendemain rendre visite à son parent, et son admiration s'était transformée en passion.

— A bon chat bon rat, dit le proverbe.

Mlle Louisa fit une si belle défense que le comte désespéra un moment de la victoire.

M. de Bussières possédait une force de volonté peu commune; d'autre part, le rang qu'il occupait dans la société, les convenances qu'il lui fallait observer et son égoïsme personnel, devaient évidemment sauvegarder son cœur et sa dignité.

Toutes ces bonnes raisons vinrent cependant se briser contre des forces plus puissantes : contre l'enivrement de la passion, contre le charme bizarre, sauvage de la sirène, et l'habitude, cette implacable action.

La pente avait été si rapide, que le vertige l'avait pris et qu'il était tombé au fond du gouffre avant d'en avoir mesuré la profondeur.

Il souffrait cruellement de ne pouvoir dominer cet indigne amour!

Il se trouvait lâche et infâme de descendre ainsi au dernier échelon de la société; mais la chaîne était rivée, et il se débattait en vain contre la fatalité.

André eut pitié de lui.

— Allons! dit-il en quittant pour la dernière fois son poste d'observation... Je t'ai vu pleurer de honte ce soir... C'est un premier à compte sur ta dette... Il y a, disais-tu, de ces plaies auxquelles le fer et le feu peuvent seuls porter remède! Tu les connais bien maintenant ces plaies honteuses qui déshonorent et qui tuent. Je te sauverai de cet amour, non de ce supplice, homme de bien, pour te frapper dans ta considération.

— Je ferai observer à monsieur le baron, dit alors Saint-Albane à mi-voix, que nous sommes aujourd'hui samedi, jour de conseil du chemin de fer de ***, et que M. l'administrateur général profite toujours de cette circonstance pour ne rentrer qu'à minuit à son hôtel...

— Je prends note de l'avis, dit André en tirant son agenda...

— Monsieur le baron n'a pas oublié que nous avons un rendez-vous d'affaire pour ce soir?

— D'autant moins, répliqua André, que nous allons régler là le compte de M. de Bussières.

Les deux hommes quittèrent alors la rue du Sabot, et montèrent dans le coupé qui les attendait au carrefour de la Croix-Rouge.

— Hôtel Brighton, dit Saint-Albane au cocher.

La voiture partit au grand trot, et gagna en quelques minutes la rue de Rivoli.

— M. Armand Dubois est-il chez lui? demanda Saint-Albane au valet de chambre qui servait d'interprète et de bureau de renseignements.

— Oui, monsieur, dit-il, on va vous conduire à sa chambre.

— Inutile, je sais où elle est.

Les deux hommes montèrent au premier étage et entrèrent, sans frapper, chez M. Armand Dubois, autrement dit *Boule de Siam*. La chambre qu'occupait cet intéressant personnage avait deux fenêtres avec balcon sur la rue. L'ameublement était d'un confortable peu ordinaire pour une chambre d'hôtel.

— Eh bien! il n'y a personne? fit Saint-Albane en embrassant d'un coup d'œil les quatre angles de la pièce.

— Hein! qu'est-ce que c'est? grommela le beau Charles, qui, étendu sur le lit, les jambes en l'air, fumait une longue pipe turque dont le tuyau traînait sur le parquet.

— Voyons, levez-vous!

— Dites donc, riposta le beau Charles en sautant à terre, est-ce que vous parlez à votre chien?

— Je vous présente M. le baron de Wikemberg, interrompit Saint-Albane en démasquant André qui se tenait derrière lui.

— Enchanté de faire votre connaissance, monsieur le baron. Donnez-vous donc la peine de vous asseoir.

Et Boule de Siam roula deux fauteuils à ses hôtes. André prit son lorgnon et se mit à détailler curieusement le rival de son oncle. La chevelure blonde et soyeuse du beau Charles, bouclée et parfumée par les mains de Lecomte, eût fait, à elle seule, le caprice d'une pécheresse de première classe. Il n'avait ni moustaches ni barbe, ce qui lui donnait encore plus de jeunesse.

C'était vraiment un fort beau garçon.

L'inspection passée par André lui fut complétement favorable.

— M. le baron est la personne dont je vous ai parlé, dit Saint-Albane.

— Très-bien, dit Boule de Siam tout en endossant une robe de chambre de cachemire rouge. M. le baron est mon banquier?

— Oui, mon cher monsieur Armand Dubois, et je viens causer un peu affaires avec vous.

— Cela se rencontre d'autant mieux, que j'aurais prié monsieur le baron de passer à l'hôtel pour le même motif.

— Permettez-moi de continuer, reprit André en l'arrêtant du geste. Voici d'abord un mois de votre pension; cette avance pourrait vous être nécessaire.

Et il posa deux rouleaux d'or sur la cheminée.

— Diable! pensa Boule de Siam, le jeu de ce monsieur est fort intéressant. Il *éclaire* avec une facilité remarquable *du bout du banc*.

— Avez-vous envoyé à la signora Hermosa la robe de soie brochée d'or qui vous a été expédiée de Lyon par M. votre père?

— Mon père? répéta Boule de Siam qui n'était plus à la question.

— Eh, oui! fit Saint-Albane avec impatience. N'êtes-vous pas Armand Dubois, fils unique du plus riche manufacturier de la Croix-Rousse?

— Ah! très-bien! très-bien! La robe a été portée hier avec ma carte.

— Où en êtes-vous avec Hermosa? reprit André.

— Comment, où j'en suis? mais je suis son petit camarade, rien de plus, rien de moins. Vot' *docteur Isambart*, qui m'a présenté dans la maison, pourra vous le dire aussi bien, si vous le faites jaser... seulement, je crois qu'on soupe demain.

— Alors, reprit André en tirant de sa poche un petit écrin qui renfermait deux magnifiques boutons de diamant; il sera convenable d'offrir ce petit souvenir à la diva.

— Comment dites-vous?

— A la diva.

— Un drôle de nom. Ah çà! vous avez donc les mines du Pérou à vos ordres? fit Boule de Siam en se penchant sur les bijoux pour en admirer les feux.

— Oh! cela ne vaut guère que 3000 francs.

— Trois mille francs! s'exclama le beau Charles, la carte est salée.

— Je vous en donnerai le double le soir où vous vous montrerez en loge découverte avec cette chère Hermosa.

— Vrai?

— J'espère, dit le baron avec hauteur, que vous n'exigerez pas que je vous donne ma parole d'honneur.

— Non, dit Boule de Siam en s'asseyant sur le guéridon placé au milieu de la chambre; mais je vous demanderai quelques explications.

— Des explications! répéta Saint-Albane en scandant toutes les syllabes du mot. Et pourquoi faire?

— Gros malin! dit Boule de Siam d'un air narquois; est-ce que vous croyez bêtement que bibi ira s'engager dans la ratière sans savoir comment il en sortira? Voyons, monsieur le baron, parlons carrément comme des hommes: où voulez-vous en arriver avec toutes ces manigances-là?

— Mais je vous l'ai fait dire déjà.

— Ainsi, quand j'aurai gagné mes 6000 francs, tout sera fini?

— Parfaitement fini.

— C'est égal, monsieur le baron, vous êtes un singulier personnage!

— Monsieur Boule de Siam, reprit André après un silence, comme il est indispensable que vous ayez en nous une confiance absolue et que nulle préoccupation ne vienne altérer la sérénité de votre âme, je vais vous donner une preuve éclatante de l'intérêt que nous vous portons. Vous connaissez de vue M. le comte Henri de Bussières, n'est-ce pas?

— Oui, dit le beau Charles, un grand quinze-côtes auquel je casserais volontiers les reins.

— M. de Bussières vous a fait offrir une place à la gare d'Angers?

— Plus souvent que j'irai m'exténuer le tempérament à graisser les *crampton* et à allumer les lanternes.

— Je suis parfaitement de votre avis; mais M. de Bussières tient énormément à ce que vous quittiez Paris.

— Et moi, je tiens encore plus à y rester.

— Il sera difficile de vous mettre d'accord sur ce sujet, car M. de Bussières est très-tenace dans ses idées. Bref, ne pouvant arriver à ses fins par la persuasion et la douceur, il a essayé d'un autre moyen.

— Ah! fit Boule de Siam avec une pointe d'inquiétude.

— Mon Dieu, oui, une dénonciation a été lancée.

— Hein!

— On vous y présente comme n'ayant aucun moyen d'existence, ou plutôt comme vivant de dons peu honorables... enfin comme un mauvais drôle dont il est urgent de purger la capitale.

— Tonnerre du Brésil! s'écria Boule de Siam en frappant du pied, c'est ce gredin-là qui a fait le coup.

— Or, continua André, il est probable qu'on vous eût envoyé habiter deux ou trois ans Saint-Sever, si la fameuse lettre de recommandation n'était pas tombée dans des mains amies.

— Cette lettre? demanda Boule de Siam.

— La voici, dit Saint-Albane en tirant une enveloppe de sa poche et en la lui remettant.

— Remarquez bien, reprit André, la note marginale : *Surveiller cet homme*. Vous ne vous doutiez guère, que vous étiez sous la surveillance de la police.

Le beau Charles était devenu aussi pâle que sa chemise de batiste brodée.

— Allons, remettez-vous, cher monsieur Armand Dubois, vous pouvez être aussi tranquille sur tout cela que s'il n'avait jamais été question de vous, rue de Jérusalem.

— Mais, dit Boule de Siam, il écrira de nouveau.

— Non, fit André, car vous le prierez de n'en rien faire.

— Moi !

— Samedi prochain à dix heures, chez Mlle Louisa, où vous le rencontrerez en visite; je vous autorise à lui remettre cette lettre et à lui dire que vous avez les plus puissantes protections, et que sa première dénonciation sera envoyée à Mme la comtesse de Bussières avec une note explicative.

— Ah! fameux ! s'écria le beau Charles, radieux en se frottant les mains, et, reprit-il aussitôt, m'autorisez-vous à le démolir un peu après?

— Je vous défends de vous porter à aucune violence sur la personne de M. de Bussières, répondit André avec autorité.

— Ah ! j'aurais pourtant bien voulu lui laisser un petit souvenir d'amitié.

— N'oubliez pas, reprit à son tour Saint-Albane, que nous avons le pouvoir d'exécuter ce que M. de Bussières a si bonne envie de faire pour vous.

— Peut-on parler au moins?

— Oh ! en toute liberté.

— Merci, j'abuserai un peu de la permission alors...

— J'y compte ! fit André en échangeant un sourire avec Saint-Albane.

XXI.

IAGO NOIR. — OTELLO BLANC.

Je pourrais écrire ici, comme certains auteurs, en tête de ces pages : *Chapitre que le lecteur peut passer*; mais je n'aurai pas cette modestie, attendu que si le dit chapitre a l'inconvénient de suspendre l'action au moment le plus intéressant, il a du moins le mérite d'être amusant.

Vous n'avez pas oublié, n'est-ce pas, que le baronnet sir James Stewart avait *engagé* son yacht aux régates du Havre.

Eh bien ! cet honorable gentleman, après s'y être fait battre honteusement par un clipper parisien, était venu habiter, avec sa chaste compagne, un charmant hôtel de l'avenue des Champs-Élysées.

Au bout d'un mois de lune de miel, la senora s'avisa de remarquer que le baronnet se pressait sans hâte de remplir ses engagements les plus sacrés, et qu'elle pourrait bien mourir *demoiselle* si elle ne brusquait pas la situation.

— Je hâvé promis, je tiendrai le parole de môa, répliquait sir James, que la défiance d'Olivia blessait profondément et prédisposait à la défiance.

La senora comprit que sa manœuvre était maladroite; elle fit un effort surhumain, un véritable tour de force moral, en condamnant son horrible petit caractère aigre et emporté à une quarantaine de douceur et de résignation.

Le baronnet ne résista plus. Il entra un matin chez l'ex-danseuse de corde, et prononça d'une voix solennelle le discours suivant :

— Il était dix heures, je hâvé prévenu mon ami le pasteur Thurnbell qui mariera nous, à midi, dedans le chapelle de l'ambassador d'Angleterre. Au revoir; je viendrai chercher vô à midi.

La déclaration était si brusque, si inattendue, qu'après le départ de son fiancé, miss Olivia n'eut que le temps d'agiter le cordon d'une sonnette pour tomber aussitôt cheveux épars, sur une causeuse, en proie à une crise nerveuse des plus turbulentes. Liberty se précipita dans la chambre de sa maîtresse pour lui porter secours.

La senora, qui avait complétement perdu la conscience de ses actes, enfonça ses griffes de chatte dans la chevelure crépue du Mozambique, et lui arracha une pleine poignée de laine.

— Mes cheveux ! elle prend de mes cheveux ! s'écria Liberty en se dégageant; oh! j'aurai des siens.

Et, saisissant des ciseaux à tapisserie qui se trouvaient sur la causeuse, il s'élança sur Olivia et lui coupa ou plutôt lui hacha une longue mèche.

— Vienne la mort à présent, continua-t-il dans le paroxysme du délire, je suis prêt; et il s'enfuit éperdu, haletant, s'enfermer dans sa chambre.

Quand Olivia reprit ses sens, elle chercha en vain à s'expliquer comment et pourquoi elle tenait, dans ses mains crispées, un échantillon de la perruque de son valet de chambre. Elle appela de nouveau, et, comme Liberty ne paraissait pas, elle se pendit à toutes les sonnettes, et fit un tel tapage, que le baronnet accourut effaré. Olivia, était trop fine pour avouer la cause de son émotion. Elle improvisa à son fiancé une histoire à endormir les petits enfants, et commença à s'occuper immédiatement de sa toilette. A midi et demi, la senora Olivia était *baronnette* Stewart.

Pauvre sir James ! Une lune de fiel, grande comme la roue d'un carrosse, et verte comme un pré normand, montait à l'horizon de son bonheur. Une transformation, rapide comme un tour d'escamotage, s'opéra dans les allures de lady Olivia. Le lendemain même de son hyménée, le baronnet nagea en plein vinaigre et reçut des bordées à couler bas une frégate.

Le règne de la cravache était proclamé.

Les quatre premiers jours, le baronnet fit bonne contenance, opposant une impassibilité et une dignité victorieuses.

Olivia lançait ses flèches dans une muraille de coton.

Mais, le cinquième jour ou plutôt le cinquième soir, sir James, fit une découverte qui compromit tout l'équilibre. En contemplant, avec une admiration muette, la brune chevelure de sa femme que le coiffeur parfumait au baume de Flore, sir James vit la coupe faite par Liberty. Une mèche, trois fois grosse comme le doigt, avait été enlevée sur le côté gauche.

Le baronnet devint aussi jaune que son gilet de nankin.

Mais, à qui cette fatale mèche de cheveux avait-elle été donnée? à qui?

Lady Olivia ne recevait que le révérend Thurnbell, *un jeune premier* de soixante-quinze ans.

Lady Olivia ne sortait jamais seule.

— La fortune de môa pour connaître loui! s'écriait sir James du fond de l'abîme où il était plongé.

Le diable devait exaucer, à meilleur marché, les vœux du baronnet. Sir James avait donné à Liberty un de ses fusils à nettoyer; le nègre avait emporté l'arme dans sa chambre, l'avait démontée, et placée dans le tiroir d'une petite commode. Un matin, sir James eut la velléité d'aller tirer quelques faisans à Villers-Cotterets, dans une chasse réservée.

Sir James chercha sa canardière, et se souvint qu'il l'avait confiée à Liberty ; Lady Olivia ayant envoyé ce dernier chez sa modiste, le baronnet fit ouvrir, par un serrurier, la chambre du noir, et alla immédiatement à la découverte de son Lefaucheux. Le premier tiroir qu'il ouvrit ne renfermait que du linge et des livrées. Le second donna des vertiges apoplectiques au baronnet.

C'était le reliquaire amoureux, le musée secret, le tabernacle des souvenirs, le paradis de Liberty ! Sir James fit l'inventaire suivant :

Vingt-cinq bouquets desséchés, ayant appartenu à Lady Olivia;

Une collection de vieux rubans, de lacets de bottines et de corsets, des épingles noires, trois gants déchirés, une pantoufle! enfin une superbe mèche de cheveux, enroulée sous un petit cadre ovale, en bois noir, avec cette inscription :

O. L.

Amour sans espoir! fidélité éternelle !

Liberty Quimbo, né à la capitainerie de Porto del Gado, le 10 juillet 1832.

Sir James était devenu livide : les passions exotiques de Lady Stewart bouleversaient sa raison. En continuant ses perquisitions, il trouva encore, dans l'angle du tiroir, un petit carnet de poche qui servait de memento à master Liberty Quimbo, et il lut les pensées fugitives suivantes :

. . . .

« ... (*Naples*). *Près d'elle, toujours près d'elle maintenant, être là, toujours là matin et soir.*

—

« (*Naples*) *Lui aussi le maître, il est là près d'elle, il déjeune avec elle, il dîne avec elle, il prend le thé avec elle. O rage!... ô fureur!... il faut que mes mains les servent, que mes yeux les voient! malheur sur moi!!!*

—

« (*En mer*) *Comme elle souffre, mon Dieu! comme elle souffre! Lui, il boit, il mange et il dort; cette nature bestiale ne saurait comprendre ce que c'est que l'amour! Oh! je le comprends, moi.*

—

« *(En rade du Havre) Une vague a failli l'emporter hier. Oh! que n'est-il au fond de l'Océan! Malheureux Liberty, tu en viens à souhaiter la mort de ton bienfaiteur! Dieu, qu'elle était belle aujourd'hui! belle, trop belle pour ma raison.*

— Oh! fit sir James en rougissant, cette misérable, il était bien improper avec tute ces choses de l'écriture de loui.

Et le baronnet remit gravement cette défroque amoureuse en place, et redescendit à l'office où il se versa un grand verre de porto.

— Oh! yès, yès, je hétais tombé dedans une grosse boulette; je hétais une stioupide homme, yès, de avoir marié môa avec elle! je hétais véritablement perdu!

Et il se mit à tremper des biscuits dans son porto; au sixième verre, il se donna une petite tape sur le front.

— Oh! nô! nô! s'écria-t-il radieux, je n'étais pas perdu du tout, je hâvai trouvé le vengeance de loui et le débarras d'elle! Le loi anglaise, il sauvé môa! Partir tout de suite pour le Angleterre avec eux.

Sir James dissimula; sous un masque placide et confiant, le tumulte de son âme et cacha sa foudre sous les fleurs. La question la plus épineuse était le prétexte à trouver d'un départ subit, lady Olivia ayant toujours témoigné l'aversion la plus profonde pour la belle patrie de son mari. Oh! les pressentiments! Le baronnet choisit, dans le répertoire ordinaire des vieux moyens de comédie, l'héritage inespéré. Pour donner encore plus de profondeur à son piége, il parla de vendre ses propriétés du comté de Galles et son château de l'île de Wight, afin de se fixer définitivement en France.

***

— Aôh! s'écria sir James quand le paquebot fut sorti des jetées, vô amiousez vô beaucoup, je prometté! hi! hi! hi! c'était oune très comic pays; on vendé de tout et on acheté de tout, oh! véritablement très-comic... Liberty!

— Sir?

— Vô connaissez pas le Angleterre?

— Non, sir.

— Oh! alors c'était encore beaucoup plus comic pour vô, mon ami, indeed! Oh! je prie vô de panser, de soigner, je volé dire, lady Olivia, quand elle hâve encore le mal de mer... Hé! hé! hé! oh! véritablement très-comic, le Angleterre.

La traversée fut des plus heureuses. Sir James rayonnait de belle humeur.

Seul entre tous, Liberty était d'une sentimentalité singulièrement grave et réfléchie.

Avant de se rendre au château que sir James possédait à deux ou trois milles de Gravesand, le couple alla passer quelques jours à Londres, et descendit à Oriental-Hôtel, dans Oxford-street.

Le baronnet, qui avait fait déjà des prodiges de diplomatie pour arriver à ses fins, n'était venu à Londres que pour prendre certains renseignements auprès d'un homme de loi de ses amis.

Olivia, enchantée de visiter la capitale de la vieille Angleterre, prenait aussi des renseignements, mais d'une tout autre nature; elle faisait le programme des plaisirs les moins ennuyeux que son rang pouvait lui permettre.

La malheureuse tressait une couronne de fleurs à côté d'une machine à vapeur prête à faire explosion.

Parfaitement édifié sur ses droits et sur les moyens de mettre son grand projet à exécution, sir James était devenu le mari le plus débonnaire du monde.

Il avait repris sa vie de garçon, passait ses journées au Reform-Club et ses soirées au Squadron-Yacht-Club.

Or, un soir qu'il parcourait son *Times* dans le salon de lecture, il poussa trois *aôh!* d'étonnement, trois *aôh!* si étrangement accentués, que ses voisins le regardèrent avec une certaine inquiétude. Mais sir James ne jugea pas à propos d'apprendre à ses collègues du Club la cause de ses exclamations de guerrier indien, il plia soigneusement le numéro du *Times*, le mit dans sa poche et rentra en cab à l'hôtel. lady Olivia prenait son thé au coin du feu. Le Mozambique, debout derrière son fauteuil, attendait ses ordres. Sir James s'assit silencieusement en face de sa femme.

— Vô permettez que je pârle à cette garçonne?

— Oh! yès, fit Lady Stwart.

— Liberty, reprit le baronnet tout en consultant les annonces du *Times*, vous étiez né dedans la capitainerie de Porto del Gado?

— Oui, Votre Honneur!

— Le père de vô se nommait Quimbo?

— Oui, Votre Honneur!

— Liberty, vô étiez le cousin de Son Altesse Impériale Faustin Ier.

— Moi! s'écria le nègre, étourdi par cette déclaration.

— Voici la chose: Master Boyer, ex-gouverneur de Haïti, avait exilé, en 1823, une partie de la famille do Soulouque; Quimbo, le père de vô, allà établir loui au Mozambique. Soulouque, devenu empereur, a fait revenir tutes ces gens-là. vô seul ne étiez pas retrouvé, vô le cousin de loui! Alors loui il a fait annoncer vô dans le journaux comme un dogue perdu. Vô étiez colonel des hussards de Cassonade et vô possédiez le château de Cara-Bonbon, mon ami! Le capitaine du frégate impériale *le Homard*, arrivé hier à London, il remetté à vô la fortune et les titres, et amené vô dedans la patrie de vô!

— Moi, noble! colonel des hussards! s'écria Liberty stupéfié.

— Voilà le article; je permetté à vô de aller voir tu de suite le capitaine du *Homard*.

— Ah! milady! ah! sir James! balbutia le cousin de Faustin Ier, le coup est trop violent pour mon pauvre cœur! Cassonade! Cara-Bonbon, gentilhomme!!!

Et Liberty se précipita sur l'escalier, qu'il descendit sur... les reins. Lady Olivia, qui était restée pétrifiée par l'étonnement, partit d'un grand éclat de rire.

— Colonel des hussards de Cassonade, châtelain de Cara-Bonbon! s'écria-t-elle en se pâmant.

— C'était le vérité, fit gravement sir James en lui tendant le *Times*.

XXII.

LA TRAITE DES BLANCHES.

Trois jours se passèrent sans nouvelles de Liberty. Sir James et sa femme allaient s'embarquer sur le bateau de Gravesand, lorsqu'un garçon de l'hôtel remit au baronnet une gigantesque carte porcelaine portant ces mots gravés en lettres d'or:

LIBERTY QUIMBO,

Colonel des hussards de Cassonade.

— Faites entrer le colonel au salon, dit Olivia, qui s'était approchée de son mari.

Liberty était ruolzé des pieds à la tête. Il portait une veste bleu d'azur, chargée de dix livres de brandebourgs et de galons d'or; une culotte collante, couleur lie de vin, soutachée d'or; des bottes vernies, armées d'éperons d'or; un petit kolbac pointu, panaché de blanc et de vert, comme une glace vanille et pistache, et surmonté d'un plumet rouge de deux pieds de haut; un sabre à fourreau et à poignée de cuivre était pendu à sa hanche gauche par un ceinturon d'or parsemé d'étoiles d'argent. Afin de se donner un air tout à fait martial, Liberty s'était collé des moustaches postiches, des moustaches de brigand calabrais, dont les pointes gommées allaient lui chatouiller les oreilles.

L'entrevue fut des plus solennelles.

— Colonel, dit enfin le baronnet, vôlez-vô fair une véritable plaisir à lady Stewart et à môa?

— Je suis aux ordres de Lady Stewart, fit-il galamment en relevant sur Olivia un regard d'une ineffable tendresse.

— C'était bien; alors vous viendrez déjeuner demain au château de môa, à Gravesand, je avais à causer beaucoup avec vô, colonel.

— Comptez sur moi, baronnet, fit Liberty, qui commençait à trancher du gentilhomme.

Olivia n'y comprenait plus rien. Le soir même, le couple coucha au château de Gravesand. Le lendemain de leur arrivée était un vendredi, jour néfaste, et aussi jour du marché. Le baronnet, qui avait sa maison toute montée, donna dès le matin ses instructions à son cuisinier pour que le déjeuner fût des plus fins.

A dix heures précises, le colonel des hussards de Cassonade arriva en cab. Il était encore plus doré que la veille, un diamant gros comme un noyau de prune était piqué sur sa chemise, de la batiste la plus fine.

Un domestique annonça presque au même instant le shérif de Gravesand, le second convive attendu.

Sir James échangea quelques mots à voix basse avec ce dernier; le colonel offrit son bras à mistress, et la compagnie passa dans la salle à manger. La conversation roula d'abord sur l'aventure du jour, c'est-à-dire sur la découverte providentielle du dernier descendant des Quimbo; sur la politique de l'empereur Faustin Ier, sur la bataille de Bibi-Bobo, où la garde jeta ses armes pour courir plus vite... le dos tourné à l'ennemi.

Quand le sujet fut épuisé, sir James, qui avait le porto brillant, aborda la question du mariage.

— Colonel, fit-il avec un sourire de chacal, il faut marier vô en Angleterre avant de partir pour Haïti.

— Non! fit Liberty avec un soupir, je resterai toujours garçon.

— Oh! pourquoi vôlez-vous?

— J'aime une personne, une charmante, une ravissante créature.

— Colonel! dit Olivia d'un ton de prude effarouchée.

— Une femme divine, continua Liberty, dont le regard avait des lueurs phosphorescentes... Hélas! que n'est-elle libre!

— Mariée? dit sir James.

— Mariée.

— Oh! mais le mari de elle, il pouvait tué lui dans le chasse. Cet homme, il était Anglais?

— Anglais.

— Eh bien, il fallé dire alors à loui que vous aimiez le femme de loui; il le donné peut-être à vô!

— Ou il vendé à vô elle, reprit le shérif.

— La vendre! s'écria Liberty avec un geste d'horreur.

— On vend les femmes en Angleterre? Ah! quelle abomination de pays! s'exclama à son tour Olivia indignée.

— Le loi permetté, dit froidement le baronnet.

— Jamais je ne croirai cela.

— C'était pourtant le vérité.

— Yès, reprit le shérif, et je devai aujourd'hui même faire le vente de deux femmes sur le marché.

— A midi, n'est-ce pas? dit sir James.

— C'était pour midi.

— Je conduirai vô voir le chose, Milady, continua le baronnet, tout en se coupant une énorme tranche de jambon fumé.

— J'étais bien jeune lorsque j'ai quitté ma patrie adoptive, dit mélancoliquement Liberty, mais je n'ai pas oublié le marché d'esclaves de Porto-del-Gado.

— Hé! hé! ricana sir James, nous faisions aussi le traite... le traite des blanches?

— Eh bien, j'irai voir cela, dit Olivia; cela complétera mon éducation.

A midi moins un quart, le shérif Brandson, sir James Stewart, Olivia et Liberty, traversaient la place du marché, alors encombrée par les marchands de bestiaux, les fermiers, les poissonniers et les acheteurs. Un cercle de cokneys entourait une table de bois noir, placée devant la porte de la taverne du *Saumon-Enragé*. Ces cokneys attendaient la vente de femmes, qui allait avoir lieu. La table devait servir de tribune au shérif. Trois horloges commencèrent en même temps le carillon de midi. Un murmure de satisfaction monta de la foule avec quelques hourras et quelques korikokos d'une exécution si parfaite, que les coqs présents donnèrent immédiatement la réplique.

M. Brandson fit écarter la foule, plaça sir James et Olivia à sa droite et Liberty à sa gauche, et grimpa sur la table.

Ces dispositions stratégiques achevées, il tira de sa poche un petit bouquin, dont il bredouilla à haute voix deux ou trois pages. C'était le texte de la loi anglaise sur la vente de la plus belle moitié du genre humain. Une superbe femme de cinq pieds trois pouces, ayant à peine vingt-deux ans, apparut dans l'enceinte formée par les curieux; un petit vieux, rachitique et chassieux la tenait en laisse avec une grosse corde qui lui cerclait le cou.

— Combien? dirent deux ou trois amateurs.

— Huit livres, cria le shérif, qui avait reçu les instructions du vendeur.

— Neuf livres! dit un forgeron en sortant de la foule pour examiner de près la marchandise.

— Douze! cria un petit bossu en se levant sur les orteils pour se grandir.

— Douze livres! répéta le shérif.

Un grand et beau garçon, portant le costume des fermiers de Middlessex, s'avança vers la jeune femme:

— Voulez-vous de moi, mistress? dit-il avec un sourire plein de franchise et de bonté.

— Oui, dit-elle, oui, mon cher Wilkes.

— Quarante livres! dit le fermier.

— Quarante livres! répéta le shérif. Personne ne réclame, personne ne dit mot?

— Personne? dit le mari après avoir interrogé la foule du regard.

— Adjugé à Wilkes! cria le shérif.

Le jeune fermier commença par détacher le licol de sa femme, après quoi il alla remettre au shérif la somme convenue. Le shérif déchira le contrat que le petit vieux lui avait tendu, et lui remit, en échange, les guinées de son successeur. Master Wilkes et son épouse montèrent alors dans un tilbury attelé d'un vigoureux poney, et partirent au grand trot. Or, pendant que ces dernières formalités s'accomplissaient, le baronnet tirait sournoisement de sa poche une corde de deux mètres et y faisait un nœud coulant.

— La seconde femme! la seconde femme! cria la foule.

— La voilà! hurla sir James en jetant son lazzo autour du cou de lady Olivia et en l'entraînant dans l'arène. Jé vendé le femme de môa! continua le baronnet d'une voix stridente comme une trompette; le femme de môa, qui a été le bonne amie de cette vilaine moricaud!

Et il désigna Liberty qui, ivre de rage, tentait en vain de dégaîner son sabre et de se délivrer des étreintes de deux grands laquais du baronnet qui s'étaient glissés derrière lui.

— Ah! brigand! Lacenaire! Cartouche! glapit Olivia en s'élançant sur son mari pour lui arracher les yeux.

Sir James fit un signe à un troisième valet, qui vint dégager son maître et tenir Lady Stewart à distance. Olivia écumait de fureur, les yeux lui sortaient de la tête, et ses mains se crispaient avec rage sur le nœud coulant qui lui servait de cravate. La foule poussait des hourras à assourdir un maître canonnier.

— Un peu de silence! cria master Brandson. Faites votre prix sir James.

— Une livre! dit le baronnet.

— Deux livres! cria le petit bossu.

— Allons, colonel! reprit sir James, c'été une bonne occasion de avoir une charmante, une ravissante créature... une femme divine, comme vô disiez tuto à l'heure!

— Ah! les nerfs! les nerfs! gémit en ce moment Lady Stewart en commençant à gesticuler comme un pantin mécanique.

Une marchande de crabes lui passa une chaise, sur laquelle elle se mit à exécuter des évolutions bizarres.

— Deux livres! deux livres! répéta le shérif.

— Dix! vingt! trente livres! s'écria le colonel de hussards de Cassonade, d'une voix étranglée par l'émotion.

— Adjugez à loui tute d' suite, master Brandson, s'exclama le baronnet en se précipitant vers la table.

— Adjugé au colonel Liberty Quimbo, dit le shérif en sautant à terre.

Des hourras de mobicans et des coups de sifflet éclatèrent dans la foule, qui se mit à danser une ronde fantastique autour des acteurs de ce drame.

— Porté elle dedans le *Saumon-Enragé*, dit le baronnet au valet qui essayait, en vain, de maintenir Olivia sur sa chaise.

— Elle est à moi! elle est à moi! s'écria Liberty éperdu.

— C'été à nous deux, à présent! proféra le baronnet en ôtant son habit et en retroussant les manches de sa chemise.

— Je veux la voir! laissez-moi! criait toujours Liberty en luttant contre ses deux gardiens.

— Lâchez le colonel! commanda le baronnet.

Liberty se précipita au milieu du cercle, qui s'était refermé et applaudissait aux préparatifs de sir James.

— Il falló d'abord que je boxé toi, môa! cria le baronnet en empoignant Liberty par son ceinturon et en le secouant comme un prunier.

L'insulte était cruelle. Liberty allongea un magnifique coup de tête à son ex-maître, qui ne chancela même pas.

— C'été comme les moutons, cria sir James en tombant en garde et en marchant sur son adversaire.

— Misérable! cria Liberty en reculant devant lui, c'est au pistolet, à l'épée que je te défie... Je suis gentilhomme, je suis le cousin de l'empereur Soul...

Le malheureux n'acheva pas. Le poing du baronnet venait de s'abattre comme un casse-tête indien sur sa mâchoire inférieure. Trois dents sautèrent.

— Oh! la, la! hurla le colonel en se prenant la tête à deux mains.

— Hourra pour le baronnet! cria la foule.

— Oh! je vôlai, môa, cassé tôi comme une noisette.

Et le baronnet, se ruant sur le mari de son ex-femme, fit pleuvoir sur lui une avalanche de coups de poing. En trente secondes, Liberty reçut dix-huit bosses, six contusions et perdit deux autres dents. Ses hurlements ressemblaient aux cris de détresse d'un jeune vérat aux prises avec un garçon boucher. Le baronnet se fatigua enfin de cet exercice; d'un dernier coup de poing, lancé d'un bras herculéen, il jeta le colonel sur le dos.

— Porté encore loui dedans le *Saumon Enragé!* dit-il froidement, tout en se lavant les mains dans le baquet de la marchande de crabes.

. . . .

Lady Stewart et le colonel des hussards de Cassonade avaient le même intérêt à fuir au plus tôt la vieille Angleterre. Liberty donna immédiatement ses ordres au capitaine de la frégate impériale *le Homard*, afin qu'il eût à mettre sous voile à la marée du matin, en destination de Boulogne.

Olivia commençait seulement à entrevoir l'affreuse vérité; mais comme elle était payée pour se défier de la loi anglaise, elle dissimulait soigneusement ses impressions et jouait l'égarement pour n'entrer en explication que sur le continent. Tout ce qu'elle savait, c'est qu'elle était, de par la juridiction britannique, au pouvoir de son ex-valet de chambre, et que ce dernier était follement épris d'elle.

— La France! je veux revoir la France! s'écriait-elle dans son désespoir.

Et le colonel des hussards de Cassonade avait immédiatement mis à sa disposition une frégate de l'empire. Olivia ne quitta pas la cabine d'honneur qui lui avait été réservée, et l'illustre descendant des Quimbo occupa ses loisirs à bassiner ses bosses avec de la teinture d'arnica. La vigie signala enfin Boulogne, que la frégate salua de deux coups de canon une heure après. Liberty fit porter par son nègre (le colonel avait pris un nègre à son service!) ses malles et celles d'Olivia à *l'hôtel de l'Union*. Retenu chez le commandant du port pour régler certaines formalités et donner des explications sur l'expédition du *Homard* à Boulogne, le colonel ne se présenta à l'*hôtel* qu'à une heure assez avancée de la soirée. Olivia avait donné des ordres pour qu'il fût introduit immédiatement. Le colonel était en bourgeois, son bel uniforme bleu céleste ayant considérablement souffert des violences du baronnet.

— Milady, dit Liberty quand ils furent seuls, êtes-vous satisfaite de votre esclave.

— Il faut d'abord que je puisse juger de toute l'étendue de son humilité et de son dévouement. Colonel! sir James m'a fait remettre, une heure avant mon départ, un petit coffret renfermant soixante mille francs en banknotes, et ce petit cahier de votre écriture.

Le rouge monta au visage de Liberty; oui, le rouge: de marron foncé qu'il était, il prit subitement la couleur du bois de campêche.

— En effet... effectivement... balbutia-t-il, ce manuscrit m'appartient; et il avança timidement la main pour le prendre.

— Colonel, reprit Olivia en se contenant, la conduite de sir James est aussi infâme qu'inexplicable.

— Oh! oui, s'écria Liberty avec un geste tragique, et si le lâche n'avait pas craint de se mesurer avec moi, je vous aurais vengée, ou je serais mort.

— Il y a dans cette affaire un mystère que je veux, que je dois éclaircir; ma conduite a toujours été noble et pure; j'ai toujours eu pour le baronnet une affection aussi profonde que démonstrative. Je vous le répète, colonel, il y a dans cette affaire un mystère dont nous devons trouver la clef.

— J'avais remarqué, fit Liberty à voix presque basse, que le baronnet avait quelque chose d'égaré et de farouche dans le regard... qu'il prenait son thé très-fort et qu'il portait toujours un pistolet dans sa poche.

— Après? fit Olivia avec impatience.

— J'ai encore observé qu'il lisait souvent la traduction d'un roman de M. Paul de Kock.

— Quel roman? demanda vivement Olivia.

— Oh! je n'oserai jamais, fit-il en baissant pudiquement les yeux.

— Parlez, je le veux.

— Le... nom... je ne pourrai pas...

— Il lisait Paul de Kock? murmura Olivia rêveuse.

— Du matin au soir, et *Ruy-Blas* aussi.

— *Ruy-Blas?* s'écria-t-elle, et en dardant sur le colonel deux prunelles incandescentes; savez-vous ce que c'est que *Ruy-Blas?*

— Non.

— Ruy-Blas était un laquais qui aimait une reine d'Espagne; Ruy-Blas, c'est vous, malheureux! vous, qui avez osé lever les yeux sur votre maîtresse! vous, qui avez eu l'impudence d'écrire des impressions intimes à faire rougir un zouave!

— Grâce! grâce! s'écria le colonel écrasé par cette révélation inattendue.

Et le malheureux se prosterna devant Olivia, comme un Chinois devant une pagode.

— Grâce! quand c'est toi, misérable, qui m'as fait chasser comme une servante! quand c'est pour toi que j'ai été vendue au marché comme une botte de carottes! Mais je voudrais pouvoir te faire piler dans un mortier, te faire brûler à petit feu.

— Je vous aime! je vous aime! s'écria le colonel avec passion, et c'est assez souffrir comme cela! Voilà huit mois que ce secret me brûle l'âme et le cœur: le hasard a tout fait, et je bénis le hasard, puisqu'il vous a faite libre... puisque tu m'appartiens enfin, ô Olivia! je suis noble, je suis riche, je suis digne de toi! Va, ne regrette pas ce misérable Stewart, ce matelot brutal, incapable de comprendre les délicatesses de ta nature d'élite; viens dans ma généreuse patrie, je t'y ferai bâtir un palais de marbre et d'or; tu marcheras sur des tapis de peau de vigogne! et tu auras des esclaves blancs qui veilleront nuit et jour sur toi. Je te donnerai un singe savant, et des perroquets qui répéteront cent fois par jour ton nom adoré!

— Veux-tu bien te taire? interrompit l'Espagnole en marchant sur lui, les bras croisés sur la poitrine. Mais, sais-tu bien que tu n'es pas un homme pour moi, misérable? Tu es quelque chose d'informe qui tient le milieu entre le magot et le singe.

— Milady! s'écria le colonel en se redressant de toute sa hauteur.

— Colonel, toi? Mais, vil esclave, tu n'es capable que de planter des cannes à sucre, sous la direction de trois blancs armés de triques.

— Eh bien! nous irons les planter ensemble, fit-il d'une voix sourde; je vous ai achetée et payée, vous êtes ma propriété maintenant.

— Triple brute! dit-elle, où sommes-nous ici?

— En France, à l'*hôtel de l'Union*.

— Eh bien! en France, il n'y a pas d'esclave; et, quand un drôle de ton espèce a l'impudence de menacer une femme, cette femme lui inflige la correction qu'il mérite...

Dégageant alors une petite cravache des plis de sa robe, la senora fondit sur le colonel, qui était resté médusé par l'énergie toute masculine de son action, et elle acheva l'œuvre commencée par le baronnet.

Liberty s'enfuit en hurlant à travers les corridors de l'hôtel.

Une demi-heure après, il grimpait à bord du *Homard*, et se précipitait dans la chambre du capitaine.

— Capitaine, cria-t-il d'une voix haletante, il me faut vingt hommes résolus et bien armés.

— Pourquoi faire?

— Pour prendre à l'abordage l'*hôtel de l'Union*, et ramener lady Olivia à bord.

— Comment donc, mais rien de plus facile; et le capitaine, appelant son mousse, lui dit quelques mots à l'oreille.

Deux minutes après, le chirurgien entrait et allait droit à Liberty, auquel il tâtait le pouls.

— Grosse fièvre, fit-il; je vais vous saigner, colonel.

— Me saigner? hurla Liberty en bondissant en arrière; me saigner?... Le premier qui m'approche est un homme mort!

— Vous voyez, major, dit le capitaine, la raison déménage.

— Oh! la France! la France! reprit Liberty, j'y reviendrai; mais ce sera pour y porter le fer et la flamme. Eh bien! capitaine, ces vingt hommes?

— Les voici.

Et deux robustes matelots, s'élançant sur lui, le portèrent dans sa cabine, où le major lui tira immédiatement deux palettes de sang.

Le lendemain, *le Homard* cinglait vers Haïti.

M. de Bussières fit deux pas en avant, décidé à obtenir par la force ce qu'on refusait à la prière.

Le colonel était radicalement guéri de son amour pour les blanches.

Il songeait à demander à son cousin le grand cordon de l'ordre de la *topette*, et à passer *grand* de première classe.

Ce n'était plus qu'un ambitieux!

XXI.

SHYLOCK FEMELLE.

Vous connaissez, n'est-ce pas, cette terrible histoire, immortalisée par Shakspeare, de ce marchand juif de Venise, qui prêta deux mille sequins à un jeune seigneur, lequel s'engagea à lui rembourser la dite somme dans un an, ou à lui livrer une livre de sa chair. Eh bien! de ce drame lugubre, d'Aubray tira une comédie de mœurs fort intéressante.

« Affaire de gants blancs, de bouquets, de fadeurs et de bonbons, » avait répliqué Gustave Hébert, lorsque le baron de Wikemberg lui signalait les périls d'une lutte avec le prince de Kermoloff.

« — J'ai les moyens de soutenir la guerre! » avait dit encore l'artiste dans son dépit.

La guerre était déclarée, la tranchée était ouverte depuis deux mois seulement, et le jeune Phidias commençait à manquer de munitions. Ce n'était pas seulement contre Bérangère de Maubeuge qu'il avait à lutter. Le prince de Kermoloff jouait un jeu désespérant pour lui, empilant roubles sur roubles pour faire toujours banque. Voulant à tout prix l'emporter sur son rival, Gustave finit par louer à l'année une loge aux Bouffes et une autre à l'Opéra, lesquelles furent mises à la disposition de la jolie vicomtesse. M. de Kermoloff avait assez de canons dans son arsenal pour lui laisser enclouer deux de ses pièces.

Diamant, le petit épagneul havanais de Bérangère, adorait les bonbons; le prince offrait des corbeilles de bonbons à *Diamant*. Gustave Hébert acheta les plus merveilleux coffrets de Tahan, les fit remplir par Boissier et les envoya à Bérangère.

Mme de Maubeuge allait tous les jours, de trois à cinq heures, se promener en calèche au bois; le prince l'accompagnait et caracolait à la portière de gauche sur un magnifique cheval arabe. Gustave acheta un pur sang, inscrit au stud-bock, et s'empara de la portière de droite.

Trop engagé pour reculer, et poussé, d'ailleurs, comme le joueur, par l'espoir de regagner une partie de sa mise, Gustave Hébert commença à battre un rappel désespéré chez tous les marchands qui lui devaient quelque argent. Il tenta également de *faire une affaire* avec le baron Théobald de Wikemberg; mais ce généreux protecteur des arts fit défection cette fois. Cependant, comme M. Gustave parlait de souscrire des lettres de change, le baron lui indiqua l'adresse d'une certaine usurière qui lui avancerait probablement la somme dont il avait besoin.

M. de Wikemberg allait lancer son *Shylock femelle*, Mlle Lydie Michallon, laquelle connaissait déjà M. Gustave Hébert, pour l'avoir vu chez une actrice de ses amies.

Lydie prêta une première fois trois mille francs au sculpteur, sur une lettre de change à trois mois, de trois mille cinq cents francs. C'était, comme on le voit, un assez joli intérêt. Quelques jours plus tard, Gustave faisait un nouvel appel de fonds, et Mlle Michallon lui prêtait de nouveau quatre mille francs, sur

Mlle Mallet se jeta dans les bras d'André.

une seconde lettre de change de cinq mille. Total : huit mille cinq cents.

André en était arrivé à ses fins.

Le terme auquel M. Gustave Hébert devait livrer au baron de Wikemberg la statuette de la Phryné, achetée et payée par lui, était expiré. La statuette était complètement terminée. André l'envoya chercher à six heures du soir, et le même soir, à huit heures, les cinquante exemplaires en bronze qu'il tenait en réserve étaient mis en montre chez Susse, chez Giroux, au Palais-Royal, aux passages Choiseul, des Panoramas, Vivienne, etc., etc. Le lendemain matin, à son petit lever, M. Gustave Hébert recevait un de ces exemplaires avec le billet ci-joint :

« Monsieur,

« Vous m'avez vendu, comme un original, une copie de la statuette de M. André d'Aubray.

« Comment qualifiez-vous en français un pareil procédé ?

« J'aurai l'honneur de le demander, dans une heure, à madame la vicomtesse de Maubeuge.

« Votre reçu et votre copie sont entre les mains du docteur Giacomo Bartoletti, qui, selon toute probabilité, vous poursuivra comme contrefacteur.

« J'ai l'honneur de vous saluer,

« Baron Théobald DE WIKEMBERG. »

Le doute n'était pas possible : la statuette modelée par André d'Aubray était là, devant lui, comme un spectre vengeur. Il n'avait plus d'espoir que dans la clémence du baron.

Mais le baron était parti pour Fontainebleau. Gustave espéra arriver à temps chez la vicomtesse de Maubeuge. Seconde déception, plus cruelle que la première.

Madame de Maubeuge lui fit répondre, par le plus impertinent de ses valets, qu'elle était désolée de ne pouvoir recevoir l'auteur de *la Prhyné*, d'après André d'Aubray; mais qu'elle était en conférence avec sa couturière.

Rouge de colère et de honte, Gustave rentra chez lui, en vouant la mémoire d'André d'Aubray à toutes les malédictions infernales.

Il était perdu sans ressources dans l'esprit de madame de Maubeuge,.. écrasé, tué par le ridicule. Il allait être évidemment forcé de rembourser huit mille francs au baron de Wikemberg. Il avait, en Lydie Michallon, la plus âpre et la plus impitoyable de toutes les créancières. Enfin, un procès, désastreux pour son avenir, était suspendu sur sa tête comme l'épée de Damoclès.

Comme il fallait avant tout gagner du temps, Gustave voulut tenter un suprême effort du côté de Mlle Michallon. Nouvelle déception.

Mlle Lydie Michallon était mariée de la veille au capitaine Préval.

Ce n'était plus huit mille cinq cents francs qu'il devait au couple, mais bien seize mille cinq cents, le baron de Wikemberg ayant jugé à propos de céder à vil prix sa créance à Mme Préval.

C'était le coup de miséricorde.

Complètement insolvable, Gustave n'avait plus en perspective que la prison pour dettes, *l'abbaye de Clichy*.

Mais cela ne faisait pas le compte de Lydie et de Justin.

Mme Préval avait, nous l'avons dit, le génie du commerce.

— On s'acquitte en travaillant, dit-elle aigrement à son créancier... Vous me devez seize mille cinq cents francs, pour lesquels je puis vous faire incarcérer demain, si cela me plaît.

« Voici ce que j'ai à vous proposer.

« Vous allez me signer une reconnaissance de vingt mille francs, en échange des titres qui sont entre les mains de mon huissier.

« Quant au remboursement de ladite somme, il s'effectuera par à-comptes... j'ai trouvé le moyen d'assurer les rentrées... »

Il n'y avait pas à marchander sur ce radeau de la *Méduse*.

De marchande à la toilette, Lydie se fit alors commis de l'artiste, portant ses modèles chez les marchands, débattant les prix avec eux, ouvrant ou fermant certains crédits; bref, elle en fit en quelques mois une sorte de manœuvre, de machine à modeler, qui devait gagner tous les jours ses trente francs. Gustave Hébert tomba bientôt de la statuaire pure dans le plâtre à bon marché. Il fit des sujets de pendules pour l'exportation, des modèles de statuettes pour une manufacture de porcelaine qui inondait Paris de ces ignobles petits bonhommes de kaolin peinturluré, qui sont censés imiter le vieux Saxe; il fit encore des têtes de pipe pour un marchand de la galerie de Valois, et des pommes de cannes pour Verdier. Ce n'était plus un artiste, mais un brocanteur; ce n'était plus le beau, le radieux, l'élégant Gustave Hébert qui avait osé tenter la conquête de la jolie vicomtesse de Maubeuge : c'était *la ferme* du ménage Préval.

Toutefois nous devons constater que toutes les opérations commerciales de Mme Préval ne furent pas aussi heureuses.

Nos deux rentiers eurent un jour à rendre compte au parquet de certaine manœuvre financière qui leur valut une sévère admonestation, et... un mois de prison.

Ce jour-là, le capitaine s'avisa de remarquer que sa chère moitié était médiocrement conservée; qu'après tout, la vie de garçon avait du bon.

Comme le cousin Gustave, le capitaine avait payé sa dette à André d'Aubray.

Restaient encore le comte de Bussières et Grandidier.

Claire Béjot, aux enfants de laquelle Bartoletti donnait ses soins, commençait à se fatiguer du théâtre, et semblait chaque jour plus affectueuse et plus confiante envers M. de Grandidier. C'était le résultat des conversations intimes du docteur, qui exploitait avec une merveilleuse habileté la tendresse de Claire pour ses *petits*, et lui montrait l'avenir sous les couleurs les plus sombres. Ce n'était pas seulement un nom qu'elle souhaitait pour elle dans le mariage, c'était un *père* pour ses enfants.

Or, le docteur aidant, l'affaire finit par se conclure.

Le gentillâtre campagnard épousa l'*Étoile du Berger* par-devant M. le maire de Batignolles : après quoi il se fit meubler un appartement sur le boulevard Saint-Martin, et s'y établit avec sa tribu mais Arthur de Grandidier devait bientôt prendre la capitale en exécration.

Le couple ne pouvait faire un pas sur le boulevard, entrer dans une loge de spectacle, sans que Mme de Grandidier ne fût saluée par tous les viveurs du plus impertinent de tous les bonjours; ce bonjour que l'on envoie de l'index et du médium, en gardant le chapeau sur la tête. Cette télégraphie, qui faisait passer Arthur de Grandidier par toutes les couleurs de l'arc-en-ciel, l'exaspéra tellement, qu'il mit son mobilier au roulage et émigra vers Clermont avec sa peuplade. Hélas! il avait compté sans le commandant Mulot, un superbe dragon qui avait fait des folies pour la belle Claire, alors qu'elle était dame de comptoir au café de *la Paix*, à Saumur. Le commandant Mulot était grand chasseur et joueur d'échecs de premier ordre.

Grandidier, qui avait fait sa connaissance chez le receveur des contributions, se prit d'une véritable passion pour un homme qui avait les mêmes goûts que lui; et le commandant devint son inséparable compagnon.

Nous devons reconnaître à la louange de Mme Grandidier, qu'elle fit tous ses efforts pour rompre cette association : peines perdues! Grandidier loua une chasse dans les environs pour courre le cerf avec son bon ami Mulot, et, comme leurs parties d'échecs se prolongeaient fort tard, il finit par lui donner une chambre dans la maison.

XXII.

LA RUE DU SABOT.

Il était près de onze heures quand Boule de Siam, jetant sur la cheminée le cahier de chansons dans lequel il *étudiait*, ralluma sa pipe et s'en alla tambouriner une marche sur les vitres de la croisée.

C'était le samedi promis à sa vengeance.

Eloignée par un faux billet du comte, Louisa était allée l'attendre au théâtre de la Porte-Saint-Martin dans la loge de baignoire qui lui avait été envoyée par les soins de Saint-Albane.

Il fallait que le beau Charles eût le champ libre pour son expédition.

Louisa ayant l'habitude de laisser sa clef chez le concierge, Boule de Siam n'avait éprouvé aucune difficulté à pénétrer dans l'appartement, ou pour mieux dire, dans la chambre de sa belle amie.

Cette chambre, carrelée en brique rouge, était tendue d'un papier jaune paille avec des bouquets bleus; une seule fenêtre, ornée d'un rideau de calicot, avait vue sur la rue; quatre chaises de paille, un lit dans une alcôve, un divan et une toilette en noyer. La cheminée en bois, peinte en imitation de marbre noir, était ornée d'une paire de flambeaux de zinc bronzé, de deux statuettes de plâtre représentant *d'Artagnan* et *Porthos*, et d'une petite boîte en coquillage qui servait à Louisa de table à ouvrage.

— Nous allons donc nous expliquer entre *quatre z'yeux*, se disait Boule de Siam en s'étirant les bras... Ah! si je n'avais pas promis au Wikemberg de ne pas jouer des mains, quelle polka nous aurions dansée M. le comte! mais, bast! faut savoir se résigner. C'est tout de même un singulier particulier que ce baron allemand, et un richard donc! Six mille francs pour aller voir la comédie avec une superbe Italienne... en v'là une histoire soignée!

Il en était là de son monologue, lorsque la clef tourna dans la serrure.

C'était le comte.

Les deux hommes se trouvèrent face à face. A la vue de Boule de Siam, M. de Bussières fit un soubresaut en arrière et tenta d'opérer une retraite immédiate; mais le beau Charles s'était adossé contre la porte et le regardait avec un sourire de triomphe.

— C'est donc nous, dit-il d'un ton gouailleur, qui voulons envoyer ce pauvre Charles planter ses choux en province, monsieur le comte?

Henri de Bussières serra avec rage la badine de jonc qu'il tenait à la main et se demanda s'il n'allait pas couper immédiatement la figure à cet impertinent drôle. Mais, comme cet impertinent drôle était taillé en hercule, il jugea prudent de parlementer jusqu'au retour de Louisa.

— Monsieur, fit-il de son plus grand air, je ne sais ce que vous voulez dire.

— Oui-da! ricana Boule de Siam. Pourquoi donc teniez-vous tant à m'attacher aux plaques tournantes de la gare d'Angers, cher ami?

— Parce que je voulais vous donner un moyen de vivre honorablement.

La phrase était on ne peut plus maladroite.

— Ah! répliqua le beau Charles, que ne suis-je en position de faire aussi quelque chose pour vous, monsieur le comte, vous qui menez une existence si honorable. Je ne vous enverrais pas à Angers, moi; je me contenterais de recommander à madame de Bussières une belle fille rousse de notre connaissance, qui ferait une superbe femme de chambre... Avouez que ce serait plus amusant que de venir en soirée rue du Sabot... Voyons! mon illustre protecteur, faites quelque chose pour vous, après avoir si bien travaillé pour les autres : allez vous mettre au vert pour quatre ou cinq mois... Vous avez des passions par trop compromettantes, voyez-vous, pour un gentilhomme; ça vous jouera un mauvais tour un jour ou l'autre.

— Misérable! s'écria le comte en levant sa canne pour l'en frapper au visage.

— Manqué de touche! cria le beau Charles en parant le coup du bras gauche, et en lui arrachant la badine. A mon tour, à présent, comme chez Guignol.

M. de Bussières poussa un cri étouffé qui ressemblait au rugissement d'une bête fauve, et tira de sa poche un pistolet dont il dirigea le canon sur son adversaire. Boule de Siam partit d'un grand éclat de rire.

— Ah! elle est bonne celle-là, elle est complète! Nous voulons jouer de la cour d'assises pour le quart d'heure; c'est ça qui serait du joli! Tiens, je te défie de tirer en l'air seulement; nous ne sommes pas chez Gastine, mon bon homme, et les poupées comme le beau Charles coûtent cher quand on les casse rue du

Sabot. Poltron qui s'en dédit; je me moque de ton pistolet comme de toi... Tire donc! mais tire donc, flâneur!

Le comte, honteux de son impuissance, glissa l'arme dans sa poche, et passa ses deux mains sur son visage, où le sang affluait avec force.

— Allons donc! continua Charles en prenant une chaise et en s'asseyant devant la porte, ça ne serait pas poli de s'en aller sans saluer la maîtresse de la maison.

— Laissez-moi partir! cria le comte d'une voix strangulée.

— Bast! répliqua le beau Charles, M. le comte, qui a un suisse, peut rentrer après minuit, sans payer l'amende. Voyons, causons un peu d'amitié, sans nous fâcher. D'abord et d'une, y faudrait voir à ne plus chercher à faire de la peine à Charles, en envoyant de ces petits papiers-là, où vous savez...

Et il jeta aux pieds du comte la copie de sa dénonciation...

— Ah! dame! on a des amis, monsieur le comte... des amis dans la haute... et comme ils ne veulent pas, vous entendez bien ça, ils ne veulent pas qu'on fasse du chagrin à Charles... ils m'ont dit de vous dire de ne pas recommencer!

Le comte haussa les épaules de pitié.

— Faut pas jouer au bossu pour ça, Henri, voyez-vous... ça vous ferait rire jaune tout de même si madame la comtesse recevait c'te lettre-là, avec une note au bas, un petit brin de note qui dirait pourquoi vous tenez tant à faire emballer ce pauvre Charlot.

— Malheureux, vous oseriez?

— Oh! pas moi... mais mes petits camarades... de la haute... Passons au deuxième exercice. Vous voulez filer, n'est-ce pas?... Je comprends ça, eh bien! vous allez me donner votre parole d'honneur de ne plus revoir Louisa, et je vous ouvre la ratière.

— Jamais! s'écria le comte ivre de colère.

— Alors! reprit Boule de Siam, j'aurai l'honneur de passer la nuit en compagnie de monsieur le comte... donnez-vous donc la peine de vous asseoir!

— Pour la dernière fois je vous somme de me livrer passage, s'écria M. de Bussières les poings crispés, l'œil flamboyant.

— *Va-t'en voir s'ils viennent Jean*, fredonna Boule de Siam en s'arc-boutant contre la porte.

M. de Bussières fit deux pas en avant, décidé à obtenir par la force ce qu'on refusait à sa prière; mais au moment où il étendait les bras pour saisir son adversaire, sa tête se renversa sur ses épaules et un gémissement rauque s'échappa de ses lèvres; il tournoya sur lui-même en cherchant un point d'appui dans le vide, et tomba la face contre terre!

Le beau Charles s'élança aussitôt pour le relever; mais, à la vue du visage violacé et des yeux fixes et ternes de son rival, il perdit la tête, et gagna l'escalier.

Lorsque Louisa rentra chez elle, elle trouva sa chambre remplie de voisins et de curieux.

Un médecin saignait le comte sur le divan, et un agent de police dressait procès-verbal de l'accident. (Le lecteur a déjà reconnu Saint-Albane.)

Deux commères, qui s'étaient emparées du portefeuille du malade, distribuaient à la ronde les cartes de visite de M. le comte Henri de Bussières; et un gamin remettait à l'agent le pistolet qui avait tant égayé Boule de Siam.

L'aventure se répandit au dehors comme une traînée de poudre, et, en moins d'un quart d'heure, près de deux cent personnes stationnaient devant la maison.

M. de Bussières était sauvé. L'abondante saignée que le médecin avait pratiquée à temps dégageait la tête.

Louisa, effrayée des résultats que pourrait avoir pour le comte et pour elle ce déplorable événement, insista pour garder le malade chez elle; mais le médecin et l'agent s'y opposèrent formellement. Le gamin, dont nous avons parlé plus haut, courut chercher une voiture. Le médecin et Saint-Albane y portèrent le malade, montèrent avec lui, et donnèrent au cocher l'adresse trouvée dans le portefeuille.

Lorsque la voiture commença à rouler, la foule s'écarta et salua son départ par des huées et des sifflets.

Quinze à vingt gamins, ayant la rate bien attachée, escortèrent le carrosse jusqu'à destination.

M. de Bussières perdit de nouveau connaissance pendant le trajet, et l'on fut obligé de le porter dans son appartement. Les gamins restèrent sous le péristyle et dans la loge du concierge, où ils mirent toute la valetaille au courant de l'histoire. Madame de Bussières allait se mettre au lit, lorsque sa femme de chambre entra chez elle, haletante et effarée, pour lui annoncer l'accident arrivé au comte. Elle passa un peignoir à la hâte et se rendit auprès de son mari. Comme il fallait, avant tout, que l'identité de M. de Bussières fût reconnue, Saint-Albane ne crut pas devoir faire le discret: ce déplorable aveu laissa madame de Bussières aussi calme que s'il se fût agi pour elle d'un étranger; son indifférence s'était changée en mépris, voilà tout.

Le lendemain, *le Maringouin des salons*, petit journal de critique et de chantage, racontait l'aventure tout au long dans sa revue de la semaine, en mettant le plus d'initiales possible.

M. de Bussières était tué moralement: le monde ne pouvait lui pardonner d'avoir traîné son titre et son nom dans une pareille fange; il le comprit si bien qu'il partit pour l'Angleterre.

André d'Aubray pouvait en toute conscience écrire ces mots: « Pour solde de compte au dossier de cet homme de bien. »

XXIII.

BAL PARÉ ET MASQUÉ.

La rue de Boulogne était en émoi.

Les légères calèches fermées, les coupés aux lanternes de couleur, les grands équipages armoriés affluaient à la porte du petit hôtel du baron de Wikemberg, contournant le parterre de fleurs et de gazon anglais qui formait le milieu de la cour, pour venir déposer la foule bariolée des masques sous l'élégante marquise et sur les marches de marbre ruisselantes de tapis.

Il y avait fête et bal costumé à l'hôtel du noble Hongrois, fête princière; car, comme l'avait dit André au docteur, c'était son dernier champ de bataille, et il avait voulu le joncher de fleurs pour y faire tomber brillamment les vaincus. La vengeance de d'Aubray touchait à son apogée: tous ses ingrats et égoïstes parents, frappés par lui dans leurs vices et leur égoïsme, traînaient une vie désormais punie. Une seule haine n'avait pas encore été assouvie, une seule victime restait encore à frapper; mais cette victime était une victime de choix, la diva.

André avait mis une coquetterie féminine à parer cet hôtel, où il allait rendre enfin à la courtisane le coup de stylet qu'elle lui avait enfoncé dans le cœur.

Il voulait que cette fête fût sans exemple, fastueuse, étrange, originale, fantastique, pour être plus sûrement scandaleuse. Il voulait que tous les petits et grands journaux, tous les moustiques de la presse et de la critique ne pussent faire autrement que de raconter le chapitre des *Mille et une Nuits* dont ils auraient été témoins.

Il avait également invité les plus joyeux viveurs, tous les excentriques garçons qui, depuis la noblesse jusqu'à la bourse, vivent par leur esprit, leurs habitudes, leurs manières, en dehors de la forme plate et convenue de la société: la bohème dorée et la bohème *panée*. Encore une troupe d'impitoyables narrateurs, friande de scandale et railleuse à déconcerter Beaumarchais.

Venait enfin le bataillon des dessinateurs, caricaturistes, faiseurs d'échos de Paris, rédacteurs de biographies menteuses, réchauffeurs de frelons, d'aspics, de vipères et autres feuilles à triple dard. Telle était l'assistance; voyons maintenant la maison.

Suivant une coutume russe, André avait fait l'antichambre en lierre. Plafond, murailles, portes, disparaissaient sous une immense nappe de cette verdure éternelle, plus éclatante encore sous les feux de quatre trépieds à flammes vertes qui brûlaient à chaque angle.

Au centre du dôme, toutes les extrémités des lierres avaient été réunies en une espèce de touffe, retombant en mille réseaux sur un lustre en porcelaine de Sèvres, où brûlaient de grandes bougies de couleur, dont la cire avait été sculptée en arabesques (façon vénitienne). Ce lustre était littéralement noyé sous les bourgeons du lierre, et l'on n'en voyait sortir que des têtes de griffons et d'animaux bizarres. Au milieu de chaque panneau de lierre, quatre statues de satyres, de grandeur naturelle, en beau marbre blanc de Carrare, se cachaient sous les pampres flottants.

Les panneaux du grand salon étaient en glaces de Venise, à biseau, hautes de vingt pieds, merveille que la Bohême même n'a pu imiter. Elles avaient pour encadrement des troncs de palmiers et de fougères arborescentes, dont les immenses feuilles, se réunissant en éventail, formaient sur la tête des conviés un dôme radieux et mouvant. Les lustres étaient des guirlandes de fleurs;

les siéges, un seul et vaste divan bas, de cachemire blanc rehaussé de nacarat, large comme un lit, avec de grands oreillers à la turque.

Au bout, enfin, de cette vaste pièce, un salon ovale, encore fermé, allait bientôt offrir une nouvelle curiosité aux invités.

Ce salon était entièrement tendu, muraille, parquet et plafond, de peaux de magnifiques bêtes fauves.

Les crinières échevelées des lionnes de l'Atlas se mêlaient à la bigarrure jaune et noire des tigres de l'Inde ; l'éclatante blancheur de l'hermine, au pelage sombre de l'ours montagnard ; et, au milieu de toutes ces fourrures diverses, les têtes admirablement empaillées des animaux qui les avaient portées lançaient de leurs yeux de verre des éclairs effrayants, et montraient leurs sourcils froncés et leurs dents blanches et contractées. Quatre grands boucliers d'acier poli, aux reflets sinistres pendaient au milieu de chaque panneau.

Pour compléter ces reflets bizarres, et le frisson de vague terreur jeté aux assistants à leur entrée dans ce salon de bêtes féroces, il devait être éclairé d'en haut par la lumière électrique. Mais, à l'heure où nous sommes, ce cabinet mystérieux n'était pas encore ouvert, et le bal tournoyait dans tout son éclat au son d'un orchestre invisible, dont les chants semblaient s'échapper des murailles.

Le service était fait par de petits noirs, le cou, les jambes et les bras nus, cerclés de colliers et de bracelets d'argent, et vêtus seulement de trousses de satin jaune. Les costumes les plus excentriques se croisaient dans la foule, car chacun avait fait assaut d'esprit plutôt que de luxe.

Hermosa portait un costume que le faux Armand Dubois lui avait envoyé le matin, en la priant de le revêtir : elle était en dame de cœur. Sir James Stewart, alors de passage à Paris, était en mandarin.

Toute cette foule riait, buvait, dansait, et, se couchant entre les valses sur les coussins de cachemire blanc, ressemblait à une halte de tous les peuples de l'univers. Au milieu des conviés pourtant, il manquait un important personnage : l'hôte, le baron de Wikemberg, qui n'avait point paru. C'était le docteur Bartoletti qui faisait les honneurs en son absence.

Et de plus, Bartoletti avait un singulier costume, irréprochable, il est vrai, quant'à la tenue : culottes courtes en casimir noir ; bas de soie à jours, étreignant un mollet trapu qui ne pouvait appartenir qu'à un moine ou à un médecin ; boucles d'or aux escarpins ; éclatante cravate de batiste blanche à pointes de dentelles ; cheveux galamment bouclés autour de la tête, laissant à découvert une mince tonsure, sur laquelle un léger nuage de poudre odorante étalait ses frimas neigeux ; longues manchettes de dentelles sur une main potelée ornée d'un solitaire de la plus belle eau ; costume d'une irréprochable pureté, auquel il ne manquait que l'habit brodé à la française, habit remplacé par la veste de paillasse, à larges manches, à gros boutons bleus et blancs.

— De sorte, lui disait sir James Stewart, qui s'était accroché à son bras, que nous ne verrons pas encore le ami de vô, le baron de Wikemberg?...

— Mais si, mais si ! fit Bartoletti en jouant avec sa tabatière d'or... Il viendra en bon temps, je vous en réponds.

— Ah ! la signora Hermosa, dit-il en voyant la diva s'avancer vers lui... Vous permettez, baronnet.

Et il s'inclina avec le plus italien de tous les sourires devant la diva.

— Voulez-vous faire un tour de bal avec moi, cher docteur? lui dit-elle ; il y a si longtemps que nous ne nous sommes vus, nous avons bien un peu à causer.

— Comment donc, belle dame de cœur, nous avons même beaucoup à causer.

— Et qu'a donc le baronnet, je vous prie? il me paraît maigri d'un tiers ! fit Hermosa.

— Eh ! eh ! tenez-vous beaucoup à le savoir?

— Oui, si vous ne tenez pas trop à me le cacher.

— Eh bien, le baronnet ne peut se consoler d'ignorer à jamais le nom de la drogue infernale qui envoya son ami d'Aubray dormir du sommeil éternel à Campo-Santo.

Hermosa pâlit, s'arrêta, et fixa sur son cavalier un regard sévère. Je n'aime pas les mauvaises plaisanteries, docteur.

— Une mauvaise plaisanterie... qui vous a rendue plus célèbre que vos succès de théâtre. N'avez-vous pas vu à vos pieds lord E***, sir M***, le comte de R***, et jusqu'au prince russe Y***, tous désireux de plaire à une femme pour laquelle on savait si bien mourir.

— Taisez-vous, docteur, taisez-vous... vous me rappelez d'horribles choses.

— D'horribles choses... l'événement qui a triplé votre fortune?... Allons donc ! vous n'y songez pas, diva?... Mais André a plus fait en se tuant pour vous, que s'il vous eût couchée dix fois sur son testament ; ce petit empoisonnement a été pour vous un bon à vue sur l'avenir...

— Je vous ai dit de vous taire, reprit-elle avec brusquerie.

— Non, non ! Je vous aime trop, je veux achever de vous rendre service, et vous révéler ce que moi seul ai découvert, et ce qui intrigue en vain les curieux au moins autant que l'homme au masque de fer, ce terrible poison dont André est mort.

— Vous sauriez ?...

— Parbleu !

— Parlez donc !

— Vous voyez bien ? Vous êtes pressée, maintenant. Cela complétera le roman ; vous seule aurez eu le secret du poison. Cela sera tout à fait dans le goût de la Brinvilliers.

— Docteur !...

— Au moral s'entend, au moral... Eh bien, ce poison, ce venin miraculeux qui foudroie un homme comme un éclair, il se trouve, *bella mia*, il se trouve, diva cantatrice, dans une chambre élevée d'un cabaret peu connu, mais où vous avez peut-être été par hasard...-l'*osteria Barberi*.

— Que veut dire?...

Les yeux d'Hermosa lancèrent des éclairs. Elle ne put achever ; les portières qui masquaient la chambre mystérieuse se relevèrent tout à coup.

Bartoletti et elle étaient en face de cette porte, sous les feux étincelants de la lumière électrique ; quatre personnages masqués venaient d'apparaître aux conviés étonnés et curieux : le premier, le long de la porte, en costume de valet de trèfle, était un petit homme brun et trapu, qui, la hallebarde à la main, semblait le gardien du sanctuaire ; il n'avait pas de masque, c'était Saint-Albane. Le personnage de droite était recouvert d'un long manteau rouge ; mais, quoique son loup cachât sa figure, on apercevait un flot de cheveux blonds qui tombaient en boucles sur son cou.

Le masque de gauche était une femme, costumée en dame de pique : vaste robe rouge pourpre aux reflets de sang, relevée sous le sein par une ceinture d'or, et coupée par des velours noirs, descendant le long de la jupe.

Au bas de cette robe, un large écusson d'or avec une tête de louve noire en relief ; de larges manches, pourpre et or, doublées d'hermine ; une haute couronne posée hardiment sur une forêt de cheveux d'un roux étincelant, des cheveux aux reflets plus fauves que les fourrures de ce salon ; un rose jaune à la main complétait le costume.

Enfin, au milieu du salon, sous le rayon direct de la lumière électrique, se tenait, debout, un valet de cœur : cape serrée à la taille par une ceinture d'or et de pierreries ; éclatant poitrail d'argent et de cygne, accordé à la blancheur des manches doublées de drap d'argent ; le bonnet bleu et blanc, brodé d'argent, laissant flotter une grande plume blanche ; au côté gauche, enfin, un cœur de velours rouge marquait la couleur dont le valet faisait partie dans le jeu de cartes. Hermosa se trouvait subitement en face de ce spectacle étrange ; Bartoletti ne lui laissa pas le temps de la réflexion, et l'entraîna dans le cercle fantastique sur lequel tous les yeux étaient fixés, et où désormais tous les personnages de cette comédie se trouvaient réunis.

. . . .

— Histoire d'un mort, cria André d'une voix vibrante... Et il se démasqua.

Hermosa voulut crier, sa voix expira sur ses lèvres.

André n'était plus le baron de Vikemberg ; il avait rendu leur nuance première à ses cheveux et à sa barbe, teints en noir depuis si longtemps ; c'étaient ces mêmes boucles blondes, cette même barbe soyeuse et fine qu'elle avait vues à Naples ; mais les traits qu'elles encadraient étaient devenues si pâles, si glacés, qu'on eût dit du marbre ; c'étaient ces mêmes yeux d'un bleu vif, mais ces yeux avaient perdu leur reflet d'azur, pour prendre celui de l'acier des épées ; c'était cette même bouche aux dents petites, serrées, éclatantes, mais le sourire avait quelque chose de strident et de diabolique, et les lèvres qui encadraient cette bouche étaient aussi blanches que les dents, quand elles laissèrent tomber les paroles suivantes :

— Quatre personnages : As de cœur; il désigna son voisin de droite. Dame de pique; il en fit autant pour la dame masquée de gauche. Valet de cœur; il s'inclina. Dame de cœur, il tendit la main vers Hermosa. Le Valet de trèfle est à la retourne; et il montra Saint-Albane. Ceci est un jeu napolitain, mesdames et messieurs, la scène est au pied du Vésuve : le Valet de cœur aime la Dame de cœur...

Il fit un nouveau pas vers Hermosa, qui, pétrifiée, se demandait, à la vue de ce visage blême, si ce mort était vivant, ou si ce vivant était mort. L'assistance se rompait les oreilles à écouter.

— Un bel amour continua André, amour de fils de famille... Le valet de cœur est grand seigneur... mais à quoi bon ?... On a trompé les dieux et Jupiter lui-même... Il sème l'or... Il sème les fleurs.... il sème l'amour et le dévouement aux pieds de la Dame de cœur.... Mais, avez-vous remarqué la rose qu'elle tient à la main ? cette rose pourpre, couleur de sang versé... c'est la rose du meurtre et de la débauche.! Pauvre Valet de cœur!

Et d'Aubray porta son mouchoir à ses yeux comme pour essuyer ses larmes.

Des noms commençaient à se répandre dans l'auditoire, grâce aux affidés de Bartoletti. On murmurait celui d'André d'Aubray, on rappelait la chronique de la diva; et le public se prenait à deviner qu'il y avait là-dessous une terrible vengeance, et que cette vengeance était juste.

— Pauvre Valet de cœur, reprit André, il avait un rival heureux! et quel rival? Paraissez, mon rival!... Paraissez, jeune acrobate! paraissez, il signor Picchiottino, premier clown disloqué du cirque Bombarda.

L'orchestre invisible fit entendre deux sons de trompette éclatants; et le masque de droite, jetant son manteau rouge, apparut dans le costume traditionnel des clowns.

Courte veste de toile blanche bariolée et à paillettes d'or faux; pantalon bouffant et tailladé, avec grelots au bout de chaque pointe; brodequins rouges et verts, à talons dorés; figure peinte en jaune, vert et blanc, avec des pains à cacheter en guise de mouches : le costume exact du Picchiottino.

L'inconnu fit trois pas, ôta son masque, et mit un genou en terre devant Hermosa.

Elle chancela, et se couvrit le visage de ses deux mains.

Picchiottino ou plutôt Armand Dubois, l'amant de la veille et l'amant du lendemain.

Il lui restait pourtant un autre nom à connaître, une autre métamorphose à voir de ce caméléon vengeur.

— As de cœur, ricana le Valet de cœur, au moment où le faux clown mit un genou en terre devant elle.

Il y eut un mouvement dans la foule, mouvement indécis entre l'émotion de la femme et le ricanement de l'homme.

Une approbation décida les spectateurs.

— Bravo ! fit une voix brève et lugubre au milieu d'eux.

Tous les yeux se tournèrent du côté du salon; l'approbateur était notre ami sir James Stewart.

— Bravo! répéta-t-il en voyant que chacun le regardait : ce était de la plus exacte vérité.

Son visage blême n'avait pas sourcillé; mais il portait l'empreinte de la plus triomphante conviction. Son nom circula de bouche en bouche; sir James était connu et justement estimé.

La glace était rompue, la comédie était acceptée et l'on donna raison à ces représailles sous la responsabilité du baronnet.

— As de cœur! reprit André. Pauvre Valet de cœur, coupé par un clown... Il en mourut, raconte-t-on... il se tua, dit l'histoire; heureusement, les cartes sont éternelles... Je fus son successeur, Lahire XXIV, messieurs! L'As de cœur, fit le bizauté avec l'As de pique : l'As de pique est un Suisse brutal et ivrogne; il tua le Picchiottino... Voilà la Dame de cœur deux fois veuve... Pauvre Dame de cœur!

Il tendit son mouchoir vers Hermosa.

La cantatrice se sentait mourir; mais elle n'aurait pu faire un pas ni dire un mot quand le monde se serait écroulé : la terreur avait cloué ses pieds au parquet.

— Heureusement, j'étais là, reprit André. Il fallait un digne successeur au signor Picchiottino. On ne remplace pas comme cela un aussi vaillant désossé... mais je connaissais les goûts de la belle Judith : amour pour amour! Le phénix est sorti de ses cendres, la Dame de cœur adopta sans peine le nouveau phénix. Approchez, phénix... Je vous présente le beau Charles, dit *Boule de Siam*.

La foule comprit et se mit à rire; Charles salua impudemment. Ce salut-là coûtait mille francs à André; la foule hua le salut.

— Hourra ! fit le baronnet.

Hermosa haletait, et une sueur froide perlait sur ses tempes.

— Mon prédécesseur donc, ce pauvre Lahire XXIII, avait eu le Picchiottino pour rival; il fallait que la belle Judith eût, à son tour, une rivale digne du Picchiottino : la Picchiottina, par exemple. La Dame de pique a bien voulu s'en charger.

Le masque de droite ôta son loup, et montra au public les traits bien connus de Louisa la Rousse.

Il y eut un moment de stupeur dans l'assemblée. La beauté étrange de cette fille, sa démarche impudente, cette espèce de placage éhonté que le vice met sur la figure; ses yeux pleins de colère sous ses longues tresses rouges, et son diadème d'or, révélaient trop clairement aux conviés la nature du personnage pour qu'il eût besoin d'explication.

— Hourra ! fit de nouveau le refrain grave et solennel de sir James Stewart.

— On avait donc donné au pauvre Valet de cœur, dit enfin André, un histrion infâme pour rival heureux; moi, je vous donne pour rivale, signora Hermosa, diva cantatrice, Mlle Louisa la Rousse, la reine de la rue de Sabot.

Et, faisant un pas en arrière, il désigna Louisa à Hermosa, laissant libre l'espace qui séparait les deux femmes. C'était ce qu'attendait Louisa, qui n'était venue là que dans l'espoir et la promesse d'une vengeance...

Elle bondit vers la diva, et, avant qu'on pût l'en empêcher, elle la souffleta avec la rose jaune qu'elle tenait à la main.

Réveillée de son effroyable cauchemar, Hermosa poussa un cri terrible et s'évanouit.

Le Valet de cœur avait disparu. La foule s'enfuit. Il ne resta dans le salon que les débris de la rose jaune.

XXIV.

DEUX CHASSEURS.

A l'extrémité de la terrasse de Saint-Germain, il y a un charmant petit village à mi-côte qu'on appelle Carrière-sous-Bois. Ce village a la tête dans la forêt et les pieds baignés par la Seine. Il regarde le grand horizon de Paris, fermé au nord par les coteaux de Sannois, Montmartre et les buttes Saint-Chaumont. Sur la droite, la rivière fait un coude en serpentant, et, embrassant une longue suite d'îles verdoyantes, descend au pied des collines de Bougival et de Rueil. Ce ne sont que bois, vignes, prés, maisons de campagne, au milieu desquelles, comme un serpent de pierre, se déroule l'aqueduc de Marly.

Puis, au milieu de ces espaces, un fumée bleuâtre, une vapeur semblable à la respiration d'une grande ville. Et des dômes, des flèches, des tours, des colonnes, des églises, des arcs de triomphe... C'est Paris.. La journée s'annonçait splendide. Un soleil sans nuages menait à travers les cieux son orbe resplendissant et réchauffait la nature entière.

Les oiseaux s'étaient repris à gazouiller avec le réveil de la terre, et les plantes s'entr'ouvraient aux premiers souffles de l'aurore.

Un homme, debout sur la terrasse d'une petite villa, contemplait ce magique tableau.

Mais il ne venait pas mêler la voix de son cœur au concert de la nature. La fièvre l'avait tenu agité et éveillé pendant les longues heures des ténèbres, sur sa couche brûlante.

Ce n'était point par un cantique de grâces qu'il saluait un nouveau jour de sa vie, c'était par un regret de revoir encore une fois la lumière qu'il abhorrait. Cet homme était Paul d'Aubray.

Nous avons dit qu'après le refus d'Henriette Mallet et sa détermination à se consacrer par des vœux aux souffrances des malades, il s'était retiré à Saint-Germain. Depuis lors, Paul n'avait pas quitté cette demeure.

En correspondance secrète avec Mme Mallet, qui estimait toutes ses hautes qualités et l'eût désiré pour gendre, il avait vu, lettre par lettre, s'évanouir ses plus chères espérances.

Henriette demeurait inébranlable dans son immuable résolution de se faire sœur hospitalière.

Il fallait donc décidément croire à une vocation. Dès lors, plus d'espoir de la fléchir jamais. Telle était la substance de la lettre que Paul avait reçue la veille au soir.

A cette lecture, il avait senti tout son être s'anéantir, il avait compris que toute sa vie n'avait pour mobile que cet unique amour, et que, cet amour brisé, sa vie se brisait aussi, comme un édifice qu'un architecte a appuyé sur une seule colonne et qui s'écroule avec elle. Paul avait cette nature concentrée et résolue de son cousin André d'Aubray.

Le système nerveux prédominait en lui, et l'âme était maîtresse du corps à ce point que, l'âme abattue, le corps était brisé.

Immense par l'âme, avide de l'infini et capable de tout embrasser par l'imagination, l'homme a rarement la conscience de sa petitesse et de son impuissance matérielle. Il lui semble que c'est une insulte à sa royauté que de voir les choses inanimées, les plantes, les animaux qu'il gouverne, être calmes, heureux et réguliers, quand lui est troublé, quand il souffre et qu'il pleure. L'immense égoïsme de ce roseau puissant se roidit contre l'indifférence, s'indigne de ce désaccord et devient plus malheureux encore du bonheur général. Tel était l'état de l'âme de Paul.

Sa douleur s'aigrit de toutes ces joies qui se révélaient à lui et qu'il ne pouvait plus goûter.

— Misère humaine! pensait-il. Je suis jeune et bien portant. Je suis libre. Je suis riche. Je suis intelligent. Tout cela s'anéantit devant un seul sentiment.

Paul quitta brusquement la terrasse et entra dans la salle où il serrait ses armes de chasse; il y prit une petite carabine dont la gâchette, engagée dans une large sous-garde, pouvait être pressée facilement, même avec le pied.

Puis il tira d'une corne pendue à un trophée la poudre la plus sèche, la plus noire et la plus lourde qu'il eût, en mesura soigneusement une forte charge et bourra avec un morceau de vieux gant, de façon à donner une grande rectitude au coup.

Ensuite, au lieu de faire glisser dans le canon de l'arme une charge de cendrée ou de gros plomb, il plaça sur la première bourre une balle de calibre qu'il bourra avec les mêmes précautions que la poudre. Cela fait, il regarda autour de lui en respirant plus librement.

Son regard tomba sur le nouveau jardinier qu'il avait à son service depuis la veille.

Ce jardinier était un petit homme brun, grisonnant, très-silencieux, mais en apparence très-actif.

Il avait d'excellents certificats, et s'était montré on ne peut plus facile sur les conditions.

Paul l'avait pris sans aller aux renseignements.

Or, à cette tête fine et rusée, à cet œil fureteur, à ce sourire ironique et décidé, nous avons reconnu l'ex-comédien Saint-Albane.

La fenêtre de la salle où il venait de faire tous ces préparatifs, était ouverte, et, comme elle donnait sur le jardin, il avait pu tout voir.

Cependant il n'en paraissait pas ainsi; car il bêchait avec une telle ardeur un carré de fleurs, que la sueur lui tombait du front.

— Pauvre garçon, pensa Paul, tu vas être privé de ton maître aussitôt que tu l'auras eu. Tu as été à peine avec moi, mais tu semblais déjà m'aimer un peu. Je puis donc inspirer l'affection.

Il jeta son fusil en bandoulière sur son épaule et descendit les quelques marches du perron.

Sur un signe, Saint-Albane accourut.

— Mon garçon, lui dit Paul, j'ai une habitude contraire à celles des autres maîtres, c'est de récompenser d'avance les services qu'on me rendra. Tiens.

Et il lui tendit un petit rouleau enveloppé que Saint-Albane prit avec force remerciements.

— Je vais à la chasse, continua Paul avec la même tranquillité; quelquefois je m'égare fort loin; ainsi, si je reviens tard ou... pas, tu ne t'en inquiéteras point.

Et, d'un pas ferme et calme, il se dirigea vers la grille, sortit et marcha vers la forêt.

Saint-Albane le regarda s'en aller en secouant la tête; puis, laissant là sa plate-bande, il franchit la grille à son tour et se mit à courir vers une petite maison, située à deux cents mètres sur la route, où il entra dix secondes après le départ de son maître.

Paul s'était engagé dans le bois sans regarder en arrière; il ne chancelait pas dans sa résolution, mais, involontairement, son pas se ralentissait. Si fort que soit le cœur, si haute que soit l'âme, si profond que soit le désespoir, on ne va pas du même pas à la mort qu'on accourt à la vie.

Paul avait choisi dans sa pensée l'endroit fatal. Il y a, sur le bord des *Etangs Perdus*, au revers de la forêt de Saint-Germain, vers la route de Poissy, une grande pierre à moitié couchée dans l'eau. Derrière cette pierre, l'étang est plus profond et plus sombre. C'est un lieu tapi dans l'ombre que foule rarement le passant. Paul avait compté, qu'une fois le coup tiré, il tomberait dans l'eau et qu'aucune trace ne resterait du dernier des d'Aubray. Il marchait ainsi, réfléchissant à cette dernière heure qu'il allait franchir. Soudain, un pas rapide retentit derrière lui, et un compagnon de route vint se placer à ses côtés. C'était un homme d'une taille ordinaire, revêtu, comme Paul, du costume de chasseur. Une carnassière pendait à son côté et un fusil damasquiné reposait sur son bras droit.

L'ombre des grands arbres achevait de rendre indécis ses traits à moitié cachés par un large chapeau de feutre.

Il vint lestement se placer à côté de Paul, et, ralentissant aussitôt le pas, comme un homme qui a trouvé ce qu'il cherche, ou comme un compagnon de chasse arrivé le dernier au rendez-vous, il régla son allure sur celle du jeune homme.

— Belle matinée! fit l'étranger.

Paul ne répondit pas; évidemment la rencontre ne lui était pas agréable. Il pressa sa marche pour éviter l'importun, ou lui faire sentir qu'il s'était mal adressé. L'inconnu ou ne comprit pas, ou fit semblant de ne pas comprendre, car, à son tour, il allongea le pas.

— Belle matinée pour la chasse! reprit-il.

Paul persista dans son silence et accéléra encore la course. L'obstiné causeur ne perdit pas une semelle de terrain.

— Plus belle matinée encore, dit-il une troisième fois, pour se brûler la cervelle.

Cette fois, Paul se retourna avec une sorte de violence vers ce singulier compagnon.

Mais ce dernier, d'un geste rapide, et comme pour assurer son chapeau, l'enfonça encore plus profondément sur sa tête.

— Que prétendez-vous dire, monsieur? fit Paul sans pouvoir distinguer nettement ses traits.

— Rien, sinon que les chasseurs qui veulent se tuer ont beau jeu pour faire croire à un accident: on joue avec son fusil; il se trouve que le coup part, qu'on a oublié une balle dans le canon, et, crac! voilà un homme parti du monde par accident.

Paul eut une sorte de terreur superstitieuse, et, instinctivement, comme pour se débarrasser de l'obession de cet homme qui semblait lire dans son âme, ainsi que dans le cristal d'une fontaine, il prit un chemin oblique qui le rapprochait de sa demeure.

Le Méphistophélès ne perdit pas sa trace.

— Moi, ce fut la nuit que je me tuai, reprit-il mystérieusement.

Pour le coup, c'était trop fort.

— Est-ce pour vous moquer de moi, monsieur, que vous vous attachez à mes pas? reprit Paul d'une voix menaçante.

— Hélas! ce n'est que trop sérieux, mon cher monsieur; c'était pour une femme. Ah! les femmes ne valent pas souvent ce que l'on fait pour elles.

— Monsieur!...

— Il y a des exceptions, parbleu! mais pas beaucoup. La mienne n'en était pas une, je vous en réponds; mais c'est égal, je croyais en elle. Dans ce cas-là, c'est la foi qui perd. Quand je m'aperçus que j'en étais pour mes frais d'amour je rentrai chez moi et je fis une lâcheté, en m'empoisonnant. N'est-ce pas votre opinion, mon jeune monsieur?

Cette dernière phrase fut prononcée avec un accent si ferme, si sérieux, si différent de l'apparente raillerie qui avait présidé à la première partie de cette conversation, que Paul tressaillit.

Le timbre de cette voix avait quelque chose de mâle qui le pénétrait, en même temps qu'il lui rappelait de lointains souvenirs.

— Et vous êtes revenu de votre suicide? ne put-il s'empêcher de dire.

— Pas tout seul, pas tout seul... on ne revient pas de là quand on veut; mais, comme le poison avec lequel je m'étais suicidé était inconnu, un ami intime me fit déterrer par un reste d'affection, et aussi pour faire faire mon autopsie. Je n'étais pas mort. La dissection me réveilla plus ou moins agréablement, et me voilà. Mais il ne faut pas s'y fier; on n'a pas toujours des amis médecins qui vous déterrent; il ne faut pas s'y fier, croyez-moi.

Paul ne l'écoutait plus... il avait entendu parler du poison inconnu d'André: des lueurs étranges traversaient son esprit.

L'étranger venait à peine de prononcer ces derniers mots, que le jeune homme, au comble de l'émotion, ne put s'empêcher de s'arrêter.

Leur course rétrograde venait en ce moment même de les amener devant la maison de Paul, et plusieurs personnes apparaissaient derrière la grille.

Mais Paul n'y fit pas attention, et, saisissant l'inconnu par le bras :

— Monsieur, lui dit-il impérieusement, qui êtes-vous? ne...

Il n'eut pas le temps d'achever; Henriette s'était élancée de la petite porte, suivie de Bartoletti et de Saint-Albane.

Mlle Mallet se jeta dans les bras d'André, en lui criant :

— Le docteur m'a tout appris.

Au même instant, le feutre protecteur tomba. Un visage bien connu apparut aux yeux du jeune homme, qui s'écria :

— Henriette... André d'Aubray!

—

ÉPILOGUE.

Deux mois après, André assistait au mariage de son cousin Paul d'Aubray avec Mlle Henriette Mallet.

Mlle Mallet, qui serait restée fidèle au mort, qu'elle ne connaissait que par les yeux de la reconnaissance, s'était vite désillusionnée en écoutant les étranges récits du vivant.

Comme le docteur Robin, André avait fait d'ailleurs les choses en conscience, pour la détacher de lui et brusquer les événements.

Il avait largement payé au cousin Paul sa dette de dévouement et d'affection.

Mais il comprenait alors toutes les fautes de sa vie.

De quel droit s'était-il institué son propre vengeur?

De quel droit avait-il poursuivi ses complices?

De quel droit avait-il jeté la pierre à la courtisane? lui avait-il vendu son amour comme une marchandise? Il avait usurpé le rôle de la Providence, la Providence le châtiait.

Et quel châtiment?

Une vengeance égoïste lui avait fait appliquer une loi implacable à sa famille.

C'était dans son âme, dans son cœur qu'il était frappé : la maladie du vide le rongeait comme le vautour de Prométhée.

Dieu eut pitié de lui, et lui souffla une de ces inspirations qui sauvent les âmes en détresse, et les retrempent plus fortement.

Un soir que le docteur travaillait auprès d'André, celui-ci lui prit les deux mains, et le regardant bien en face :

— Mon ami, lui dit-il, m'estimez-vous assez pour me donner votre parole de répondre franchement aux deux questions que je vais vous adresser?

— Certes, fit le docteur un peu surpris.

— Eh bien, dites-moi combien d'années je puis vivre encore?

— Mais, répondit Bartoletti, Dieu seul le sait.

— Vous ne vous êtes pas trompé, quand vous m'avez dit à Naples que mon cœur et mes sens étaient morts à jamais... Faisons la part des accidents et des maladies... ma santé est maintenant très-faible.

— Eh bien, reprit Bartoletti après s'être recueilli un instant, vous avez vingt-neuf ans; votre empoisonnement vous a bien retiré une vingtaine d'années... D'après la table de mortalité, vous avez encore huit chances contre deux de vivre encore dix années.

— C'est mieux que je n'espérais, fit André en souriant. Vous savez, docteur, que j'ai passé trois examens de médecine; or, je n'ai rien oublié de mes études médicales... Que me faudrait-il de temps pour passer mes deux derniers examens, et me faire recevoir aide-major de seconde classe?

— Deux ans, en travaillant courageusement.

— Eh bien, faites-moi travailler, docteur, et vous m'aurez sauvé la vie une seconde fois.

— Mais pourquoi choisissez-vous de préférence la médecine militaire?

— C'est que le métier est plus rude, et puis, j'ai un projet...

— Vous êtes bien décidé?

— Bien décidé.

— Alors, à l'œuvre, mon cher élève : nous avons des amis au Val-de-Grâce; dans deux ans, vous porterez l'uniforme à collet de velours cramoisi et la trousse de cuir rouge. . . . . . .

. . . .

Le lendemain de la bataille de Solférino, quand nos soldats revinrent sur le champ de bataille pour enterrer les morts, ils trouvèrent derrière une haie le cadavre d'un aide-major de première classe, frappé en pleine poitrine.

Le plomb, en faisant son trou, avait brisé la croix de la Légion d'honneur attachée sur son uniforme, et ses débris sanglants pendaient après le ruban.

Sa main crispée tenait encore le tire-balle dont il se servait au moment où il avait été atteint.

On eût dit qu'il dormait, tant ses traits étaient calmes et doux.

— Mon pauvre André! dit un vieux capitaine qui s'était approché... et l'on s'étonne de ton absence à l'ambulance. Allons, c'était un brave cœur qui ne boudait pas au feu. C'est égal, c'est tout de même plus crâne de mourir à genoux devant un blessé, que l'épée à la main à la tête de sa compagnie.

FIN.

BIBLIOTHÈQUE NATIONALE R.F. IMPRIMÉS

PARIS. — TYP. WALDER, RUE BONAPARTE, 44.

EN VENTE A LA MÊME LIBRAIRIE, 10, RUE GIT-LE-CŒUR.

Ch. Paul de Kock

La Jolie Fille du Faubourg ... 1 10
L'Amoureux transi ... 1 10
L'Homme aux trois culottes ... » 90
Sans cravate ... 1 30
L'Amant de la lune ... 3 15
Le Monsieur ... 1 10
La famille Gogo ... 1 50
Carotin ... 1 10
Mon Ami Piffard ... » 50
L'Amour qui passe et l'Amour qui vient ... » 70
Taquinet le Bossu ... » 70
Cerisette ... 1 50
Une Gaillarde ... 1 80
La Mare d'Auteuil ... 1 95
Les Étuvistes ... 2 »
Un Monsieur très tourmenté ... » 80
La Bouquetière du Château-d'Eau ... 1 60
Paul et son Chien ... 1 80
Madame de Montflanquin ... 1 20
La Demoiselle du cinquième ... 1 60
M. Choublanc ... » 80
Le Petit Isidore ... 1 50
M. Cherami ... 1 30
Une Femme à trois visages ... 1 95
La Famille Braillard ... 1 30
Les Compagnons de la Truffe ... 1 30
L'Ane à M. Martin ... » 80
La Fille aux trois jupons ... » 70
Damoiselles de magasin ... 1 60
Les Femmes, le Jeu, le Vin ... » 70
Les Enfants du boulevard ... 1 50
Le Sentier aux prunes ... » 70
La Grappe de groseilles ... » 90

Xavier de Montépin

Un Drame d'amour ... » 75
Le Médecin des pauvres ... 1 80
Mystères du Palais-Royal ... 3 »
La Maison rose ... 1 65
Les Enfers de Paris ... 2 40
La fille du Meurtrier ... 1 60
Le Marquis d'Espinchal ... 1 30
Les Mystères de l'Inde ... 1 30
La Gitane ... 1 10
Mademoiselle de Kerven (2e partie de *la Gitane*) ... 1 18
La Reine de la Nuit ... 3 »

Ponson du Terrail

Les Drames de Paris (complets) ... 13 90
Les mêmes par parties.
L'Héritage mystérieux ... 2 70
Le Club des Valets de cœur ... 3 75
Les Exploits de Rocambole ... 3 90
La Revanche de Baccarat ... 1 20
Les Chevaliers du clair de lune ... 2 10
Le Testament de Grain de sel ... 2 25
15 séries à 1 fr. 05.
L'ouvrage reste en souscription permanente, et l'on peut toujours se procurer séparément les 130 livraisons, à 10 cent. qui le composent.
Nouveaux Drames de Paris ... 5 55
La Résurrection de Rocambole forment 54 livraisons à 10 cent.; 5 séries.
Le dernier mot de Rocambole ... 7 50
75 livraisons à 10 cent. et 8 séries.
Les Mystères de Londres ... 4 20
40 livraisons à 10 cent. et 4 séries à 1 fr. 05.
Les Démolitions de Paris ... 2 40
Les Drames du village (1 volume) ... 4 20
1er épisode. Mademoiselle Mignonne ... 1 70
2e épisode. La mère Miracle ... » 70
3e épisode. Le brigadier La Jeunesse ... » 60
4e épisode. Le Secret du docteur Rousselle ... 1 50
L'Armurier de Milan ... 1 10
Les Cavaliers de la Nuit ... 2 40
Le Pacte de sang ... 4 20
Le même par séries.
Les Spadassins de l'Opéra ... 2 »
La Dame au gant noir ... 2 50
Mystères du Demi-Monde ... 2 »
Nuits de la Maison dorée ... 1 10
La Jeunesse du roi Henri ... 2 75
Le Serment des quatre valets (2e partie de *la Jeunesse du roi Henri*) ... 1 80
La Saint-Barthélemy (3e partie de *la Jeunesse du roi Henri*) ... 1 20
La Reine des Barricades (4e partie) ... 2 10
Le beau Galaor (5e partie) ... 1 60
La Deuxième Jeunesse du roi Henri ... 1 80
Les six parties réunies forment un magnifique volume du prix de 11 fr. 25 c.
L'Héritage d'un Comédien ... » 50
Diamant du Commandeur ... » 90
Les Masques rouges ... 1 95
Le Page Fleur-de-Mai ... » 75
Les Cosaques à Paris ... 2 70
3 séries à 90 cent. ou 27 livraisons à 10 cent.
Le Roi des Bohémiens ... 1 40
La Reine des Gipsies ... 1 10
Mémoires d'un Gendarme ... 1 10
Le Chambrion ... » 70
Le Nouveau Maître d'École ... » 70
Dragonne et Mignonne ... » 90
Le Grillon du moulin ... 1 »
La Fée d'Auteuil ... » 90

Ch. Monselet

La Franc-Maçonnerie des Femmes ... 1 50

Pierre Zaccone

Les Mystères de Bicêtre ... 1 30
Une haine au Bagne ... 5 »
Les misérables de Londres ... 2 85

Paul Féval

Bouche de Fer ... 1 95
Les Drames de la Mort ... 3 15

Pierre Véron

Le Roman de la Femme à Barbe ... » 70

Jean-Jacques Rousseau

Emile ... 2 10
La Nouvelle Héloïse ... 2 10

Albert Blanquet

Les Amours de d'Artagnan ... 2 70
Les Amazones de la Fronde ... 2 10
Les Belles Dames du Pré-aux-Clercs ... 2 40

Henri de Kock

L'Amour Bossu ... » 80
La Chute d'un Petit ... » 60
Le Roman d'une femme pâle ... » 50

Eugène Sue

Les Mystères de Paris ... 4 »
Le Juif Errant ... 4 »
Les Misères des Enfants trouvés ... 4 80
La Famille Jouffroy ... 3 »
L'Institutrice ... » 90
Atar-Gull ... » 70
La Salamandre ... » 90
Le Marquis de Létorière ... » 50
Arthur ... 1 80
Thérèse Dunoyer ... » 90
Deux Histoires ... 1 10
Latréaumont ... 1 10
Comédies sociales ... » 70
Jean Cavalier ... 1 80
La Coucaratcha ... 1 10
Le Commandeur de Malte ... 1 10
Paula Monti ... » 90
Plik et Plock ... » 70
Deleytar ... » 50
Mathilde ... 2 75
Le Morne-au-Diable ... 1 10
La Vigie de Koat-Ven ... 1 80
L'Orgueil (1re partie) ... 1 10
L'Orgueil (2e partie) ... » 90
L'Envie ... 1 10
La Colère ... » 70
La Luxure ... » 70
La Paresse ... » 50
L'Avarice ... » 70
La Gourmandise ... » 50
Les mêmes en un volume ... 6 »
La Marquise d'Alfi ... » 70
La Bonne Aventure (1re partie) ... » 90
La Bonne Aventure (2e partie) ... » 90
Jean Bart et Louis XIV, magnifique édition illustrée de 125 gravures dans le texte et hors texte.
Prix, broché ... 9 »
Les Enfants de l'amour ... 1 10
Les Mémoires d'un mari ... 2 80
Les mêmes par séries.
Un Mariage de convenance ... 1 50
Un Mariage d'argent ... » 90
Un Mariage d'inclination ... » 50
Mademoiselle de Plouernel ... 1 10
Jeanne Darc ... 1 30
La Faucille d'or ... 1 »
La Clochette d'airain
Le Collier de fer ... » 90
La Croix d'argent ... » 70
L'Alouette du casque ... » 90
Les Fils de famille ... 2 55
La Garde du poignard ... 1 50
Le Casque du dragon ... » 90
Mathilde. 1 beau volume ... 5 »
Ou 8 séries à 50 cent. et 1 à 80 cent. 48 livraisons à 10 c.
Le Juif Errant. 1 beau volume ... 6 »
Ou 10 séries à 50 c. et 4 à 75 c. — 58 livraisons à 10 c.
Les Mystères de Paris. 1 beau vol. ... 5 »
Ou 10 séries à 50 c. — 46 livraisons à 10 c.

Léon Beauvalet

Les Femmes de Paul de Kock. 1 beau vol. ... 3 »

Ch. Rabou

Louison d'Arquien ... » 70

Alboise et Maquet

Les Prisons de l'Europe ... 3 55

Alexandre Dumas

Les Crimes célèbres. 1 vol. illustré ... 4 »
Les mêmes par séries.
La Marquise de Brinvilliers. La Comtesse de Saint-Géran. Karl Sand. Murat. Les Cenci ... » 90
Marie Stuart ... » 70
Les Borgia. La Marquise de Gange ... » 90
Massacre du Midi. Urbain Grandier ... 1 10
Jeanne de Naples. Vaninka ... » 70
Théola ... » 50

Ainsworth

Le Bandit de Londres ... 1 10

Gœthe

Werther et Faust ... » 90

E. Capendu

Le Chasseur de panthères ... » 90
L'Hôtel de Niorres ... 2 70
Le Roi des Gabiers ... 2 50
Le Tambour de la 32e demi-brigade ... 3 »
Bibi Tapin ... 3 30

L'héritier

Les Mystères de la vie du monde. I. Scènes épisodiques et anecdotiques ... » 70
II. Grisons et Grisettes ... » 70

Emmanuel Gonzalès

Ésaü le Lépreux ... 1 10
Le Prince Noir (2e partie d'*Esaü le Lépreux*) ... 1 10
Les Deux Favorites (3e partie d'*Esaü le Lépreux*) ... 1 10
Les Frères de la Côte ... » 90

Élie Berthet

Le Cadet de Normandie ... » 90

Jules de Saint-Félix

Le dernier Colonel ... » 70

Scarron

Roman comique ... 1 50

Léo Lespès

Les filles de Barrabas ... 2 10

Marco de Saint-Hilaire

Mémoires d'un page de la Cour impériale ... » 90

Louis Noir

Souvenirs d'un Zouave (campagne d'Italie) ... » 90

Vidocq

Ses Mémoires écrits par lui-même. 1 vol. ... 5 50
Le même en 5 séries à 1 fr. 05.

Henri Augu

Les Français sur le Rhin ... 1 85
Le Tribunal de sang ... » 80

Paul de Couder

La Tour de Nesles ... 1 50

Féréal

Mystères de l'Inquisition ... 2 10
Les Physiologies parisiennes. Un beau volume ... 4 »

Jacques Arago

Voyage autour du monde. — Souvenir d'un aveugle ... 2 85

Adrien Robert

Un Bon Garçon ... » 70
Le Bouquet de Satan ... » 70
Les Aventures de Lazarille ... 4 50
Les Contes fantasques et fantastiques ... 9 »
Édition imprimée sur papier de Hollande. 15 »

J. Beaujoint

Les Nuits de Paul Niquet ... 1 30

A. de Bougy

La Vengeance du Bravo ... » 90

Léon Beauvalet et Lemercier de Neuville

Les Femmes de Murger, 1 vol. broché, br. ... 3 »

Et. Enault et L. Judicis

Le Vagabond ... 1 10

H. Emile Chevalier

39 Hommes pour une Femme ... 1 »
Un Drame esclavagiste ... 1 25
Les Souterrains de Jully ... » 70

Didier

Le Sauteador ... » 70

Paris. — Typ. Walder, rue Bonaparte

www.ingramcontent.com/pod-product-compliance
Ingram Content Group UK Ltd.
Pitfield, Milton Keynes, MK11 3LW, UK
UKHW020406220726
13923UKWH00004B/1774